THE ART OF kelogsloops

DE L'ESQUISSE À LA PEINTURE

AKILEOS

The Art of Kelogsloops: From Sketch to Finish

Première publication au Royaume-Uni,
2024, par 3dtotal Publishing.
3dtotal.com Ltd
29 Foregate Street, Worcester,
WR1 1DS, United Kingdom

Pour l'édition anglaise
3dtotal Publishing
Directeur : Tom Greenway
Responsable de studio : Simon Morse
Maquettiste : Joseph Cartwright
Éditrice : Samantha Rigby
Suivi éditorial : Rhiannon Joseph
www.3dtotalpublishing.com

Pour l'édition française
Éditions Akileos
Directeur : Emmanuel Bouteille
Traductrice : Diane Lecerf
Responsable éditoriale : Léana Félix
Correctrice : Épygraphe
www.akileos.com

99, rue de Saint-Genès
33000 Bordeaux

Achevé d'imprimer en Chine par
Imago Publishing Ltd en juin 2025.
Dépôt légal : juillet 2025
10 9 8 7 6 5 4 3 2 1
ISBN : 978-2-35574-745-8

SOMMAIRE

PRÉFACE

PAR AGNES CECILE

À une époque où Internet est devenu un lieu de prédilection pour l'art et les rencontres entre artistes, j'ai eu la chance de pouvoir rencontrer Hieu en personne, à l'occasion d'une exposition fêtant mes dix ans de carrière à Rome. Même si nous connaissions nos travaux respectifs, j'ai été abasourdie de découvrir que je faisais partie des premières influences de Hieu. Cette révélation a ajouté beaucoup de saveur à notre rencontre.

Le travail de Hieu respire l'honnêteté. Il a toujours fait vibrer quelque chose de très profond en moi. La poésie silencieuse de cet artbook touche une corde sensible et démontre un lien profond entre nos univers. Nous travaillons tous les deux à l'aquarelle, mais nos techniques se sont développées en suivant des chemins très différents. Son travail de lignes soigneusement entremêlées, enrichies de motifs graphiques riches et réfléchis, nous offre des œuvres qui semblent être composées sans effort. Chaque illustration semble en totale harmonie artistique et nous invite à nous immerger dans un univers riche d'histoires et de symboles.

Dans l'une de ses œuvres récentes, *Something Found* (page 197), Hieu dévoile un mélange d'honnêteté et de recul sur son propre travail que je trouve captivant. Les contours nets et précis créent un contraste fascinant avec les émotions que l'œuvre évoque. Il en résulte une tension visuelle irrésistible. Les textures cantonnées à des zones précises appuient sur l'impression de calme de cette scène. La juxtaposition des gouttes de pluie stylisées sur un fond doux, presque flou, ajoute un effet dramatique très impressionnant.

Mon style est très différent, beaucoup plus instinctif. Je suis guidée par mes humeurs et mes émotions. Observer le travail de Hieu m'a souvent donné envie d'incorporer des éléments plus travaillés dans mes œuvres. J'ai également appris à apprécier dédier un travail préparatoire plus complexe sans avoir peur de perdre la résonance émotionnelle de mon travail.

Pour moi, un des aspects fondamentaux de notre art à tous les deux est la capacité à créer un lien avec le public sans utiliser de mots. Ce pouvoir de transmettre son moi profond en inspirant les autres. L'art permet de créer des liens entre des gens qui essaient de comprendre et d'être compris. Hieu nous parle à travers ses œuvres, ses dessins, ses *work in progress*, ses pensées, ses joies et ses peines. J'ai beaucoup de respect pour son ouverture au monde. Sa personnalité chaleureuse se reflète dans sa présence en ligne, et sa façon de se fondre dans la beauté de ses œuvres ne cesse de m'impressionner. La passion de Hieu pour le partage de son art est un véritable cadeau. Son approche du dessin peut vraiment faire la différence auprès de celles et ceux qui ont besoin d'un petit coup de pouce pour ne pas abandonner leurs rêves.

J'ai été enchantée qu'Hieu me demande d'écrire la préface de son livre. Son travail, qu'il partage avec un enthousiasme sincère, est très inspirant. Il offre encouragements et enseignements à celles et ceux qui veulent se lancer dans leur propre épopée artistique. J'espère que les œuvres et l'histoire racontées dans ce livre pourront inspirer et nourrir l'évolution de nombreux·ses jeunes artistes tout autour du globe.

introduction

Pour celles et ceux qui auraient ouvert ce livre par hasard… Bonjour, je suis Hieu, probablement plus connu sous le nom de Kelogsloops dans l'univers de l'illustration. Et pour les autres qui connaissent déjà mon travail, merci de continuer à faire partie de ce voyage.

En écrivant ces mots, je suis assis dans mon studio et je savoure cet instant un peu étrange. Une nouvelle année commence, et une légère brise estivale s'est faufilée par les portes ouvertes du studio, chauffées par les rayons du soleil. La scène est presque trop clichée et visuelle, comme si on était dans un film. Il me semble surréaliste d'être en train d'écrire mon propre livre – j'ai du mal à y croire. Si je pouvais téléphoner à mon moi d'une dizaine d'années pour le lui annoncer, le pauvre gosse me rirait au nez avant de raccrocher.

Si vous me ressemblez un peu, vous avez peut-être toujours gribouillé dans vos carnets, perdu·e dans votre imaginaire au milieu d'une salle de classe, agaçant les professeur·es parce que vous n'écoutez pas le cours. J'étais un gros rêveur et j'ai laissé mon imagination vagabonder assez loin pour envisager une carrière artistique. Quand j'ai commencé à travailler sur ce livre, une question m'est venue assez vite : « Qu'est-ce que je veux que mon lectorat retienne de ce livre ? » Je n'ai pas pu m'en empêcher. L'idée classique d'être « celui dont mon moi enfant aurait eu besoin ». Mais est-ce que je sais vraiment qui est cette personne ?

Ayant grandi dans une famille d'immigrés vietnamiens, où l'on attend des enfants d'entrer dans un lycée de bon niveau et dans un parcours très académique, une carrière artistique n'a jamais semblé faire partie de mes options. Ce parcours professionnel était réservé à une certaine caste. Mais pour un inconnu venu de nulle part ? Impossible. Et pourtant, j'ai continué à dessiner. Plus je me plongeais dans ma créativité et plus je laissais mon imagination galoper, plus j'entendais résonner fort cette question en moi :

Et si ?

Et si j'essayais de me lancer dans une carrière d'artiste ? Voir d'autres artistes comme Loish et Agnes Cecile transformer leur passion en carrières m'a énormément inspiré et venait parler directement à l'enfant en moi. Leurs histoires m'ont encouragé et autorisé à rêver. Elles m'ont appris qu'il était possible de construire sa propre voie. Elles étaient la preuve vivante qu'avec beaucoup de travail et de détermination, on peut y arriver aussi. Et comme leurs histoires m'ont montré le chemin, j'espère faire de même pour les autres, pour quelqu'un qui ressemblerait à mon moi du passé. Alors, pour toutes celles et ceux qui n'ont pas cessé de rêver, ce livre est pour vous.

un voyage créatif

MON ENFANCE

D'aussi longtemps que je me souvienne, j'ai toujours dessiné. Un de mes souvenirs les plus anciens date de quand j'avais environ six ans. La petite amie de mon frère aîné, Kim (qui est aujourd'hui ma belle-sœur), m'a montré un tuto du genre « dessinez un visage de dessin animé en cinq étapes ». À partir de là, j'ai commencé à dessiner Sailor Moon. Donner vie à un personnage télévisé que j'adorais était une vraie révolution pour mon cerveau et ses six petites années de vie. C'est ce qui a marqué le début d'une passion durable pour la création artistique.

Après cette découverte, je me suis mis à dessiner en permanence. Mon imagination n'avait pas de limites. En grandissant, j'ai redessiné tous les personnages que je découvrais dans des jeux vidéo, des films, des animés ou des séries télévisées. Parfois, il me semblait que des histoires, des mondes et des univers entiers s'offraient à moi. Pour que je puisse les interpréter à ma façon. J'avais envie de tout dessiner, mais il n'y avait tout simplement pas assez de temps pour que mes petites mains puissent dessiner tout ce qui m'intéressait. Quel énorme problème de vie !

À un moment, je me suis projeté comme dessinateur de comics. J'avais vu un animé intitulé *Comic Party*, dans lequel le protagoniste tâtonne dans l'univers des conventions de comics et se lance dans son propre parcours de bédéiste en devenir. C'était tellement cool de voir quelqu'un vivre du dessin. Donc, dans la logique d'un enfant de dix ans plein d'énergie, j'ai décidé de créer ma propre bande dessinée. Elle faisait environ une vingtaine de pages et était « auto publiée » sous le nom *Tini Comix Inc.* Ma belle-sœur les a photocopiées à son bureau et en a agrafé une dizaine de copies que j'ai vendues à mes ami·es à l'école pour deux dollars l'exemplaire. Après en avoir vendu quelques-unes et profité de l'euphorie du lancement de ma nouvelle carrière, j'ai de suite commencé à travailler sur mon l'opus suivant. Malheureusement, il n'a jamais été retenu par une vraie maison d'édition et je n'ai pas été propulsé superstar de la BD à l'époque. Et encore aujourd'hui, j'ai du mal à comprendre pourquoi...

Dessins réalisés en classe, 2003
Huit ans

Tini Comix Inc., 2005
Dix ans

Personnage inspiré de *World of Warcraft*, 2007
Douze ans

Tentative de style semi-réaliste, 2009
Quatorze ans

ANNÉES LYCÉE

C'est au lycée que ma créativité a commencé à vraiment se structurer. Elle définissait une large partie de ma personnalité et de mes centres d'intérêt. J'avais toujours un crayon à la main. On pouvait me voir dessiner partout et sur n'importe quelle surface, perdu dans mon monde. Je me retrouvais souvent dans de sales draps pour avoir « vandalisé » (même si je préférais le terme *créé des chefs d'œuvres*) les manuels scolaires de mes camarades en plus des miens.

À cette époque de ma vie, je ne réfléchissais pas vraiment à mes compétences artistiques, mais mes ami·es ou mes profs me disaient régulièrement que je dessinais vraiment bien. Je commençais à réaliser que je n'étais pas trop mauvais, et donc à le conscientiser. J'avais de plus en plus conscience de mes centres d'intérêt : jouer aux jeux vidéo, regarder des animés et des dessins animés, et me plonger dans les univers de fantasy. Comme je découvrais de nouvelles choses chaque jour, mon dessin a pris des tas de formes et de styles différents. Je dessinais parfois des cartoons rigolos, d'autres fois des illustrations dans un style chibi, des superhéros de comics, du graffiti, des dessins réalistes, des décors, du *concept art*, des dessins dans le style animé ou manga. Mais une chose n'a jamais changé : je suis toujours resté curieux et je voulais tout essayer.

LA DÉCOUVERTE DE LA PEINTURE NUMÉRIQUE

J'ai fini par découvrir une plateforme numérique appelée DeviantArt qui est devenue une seconde maison pour moi. J'y retrouvais une communauté d'artistes en devenir, amateur·rices ou professionnel·les qui se passionnaient pour leur art et le partage d'illustrations. J'ai passé des heures et des heures à parcourir ce fil d'illustrations infini qui ne cessait de m'inspirer. J'ai rapidement commencé à y charger mes propres dessins parce que j'avais très envie de faire partie de cette communauté.

C'est aussi à cette époque que j'ai découvert le monde de l'illustration numérique. Je suis tombé sur un tutoriel de Yuumei (Wenqing Yan) intitulé « Tuto pour dessiner un œil semi-réaliste » et, comme j'avais envie d'apprendre à le faire, j'ai téléchargé un programme intitulé Paint Tool SAI. Alors que je faisais apparaître cet œil comme par magie sur la page blanche, un sentiment indescriptible a commencé à m'étreindre : j'étais émerveillé ! Après ça, j'ai passé tout mon temps en dehors de l'école à apprendre la peinture numérique en autodidacte. À l'époque, je n'avais qu'une souris d'ordinateur, donc c'était vraiment compliqué. Mais je me souviens que j'étais surexcité par les possibilités infinies que ce logiciel m'offrait.

Créer de l'art numérique avec une souris dans SAI, 2009

L'apprentissage d'Adobe Photoshop, premier essai, 2009

Pendant cette période, mon parrain a observé mon intérêt grandissant pour le dessin assisté par ordinateur. Il a compris à quel point j'aimais ça et à quel point je m'y investissais. Il m'a donc offert ma première tablette Wacom pour Noël. À partir de là, je sortais ma tablette dès que je le pouvais et j'ai continué à partager mon travail en ligne. Je voulais des retours, dans l'espoir de m'améliorer.

Ma bio DeviantArt en 2011 :
Je suis un ado de seize ans à qui les dieux ont confié la mission de dessiner : dessiner tout ce qui existe dans ce monde pour combattre les forces maléfiques des dieux de l'anti-dessin. À chaque fois que je donne vie à une de mes illustrations magiques, leurs esprits sont maintenus dans notre monde, et mon combat me rapproche de la victoire !

Ci-dessus : Croquis d'Alice, 2010
Alice est l'un des personnages que j'aimais le plus dessiner.

Qu'est-ce qu'un Kelogsloops ?

Les gens me demandent souvent ce qui se cache derrière mon nom. J'aimerais vraiment avoir une histoire un peu plus cool à vous raconter. Comme dire qu'il s'agit d'un nom de tradition vietnamienne transmis de génération en génération et qui symbolise l'espoir ou ce genre de chose. Malheureusement, ça n'a rien à voir. À l'époque, je devais créer un nom pour un jeu vidéo en ligne, et le nom « coolaznkid_hieu » était déjà pris, donc mon moi de douze ans s'est cru très malin et a eu cette idée de génie : utiliser le nom de mon bol de céréales qui refroidissait, des Froot Loops de Kellogg's. Le reste fait partie de l'histoire… Je ne sais pas si j'ai eu un éclair de génie sur le coup mais j'avais mal écrit Kellogg's, donc je pense que je n'ai pas de risque d'attaque en droit des marques – je touche du bois (pitié, ne m'attaquez pas en justice). Seul·es quelques ami·es connaissaient ce drôle de nom, donc, plus tard, quand j'ai partagé mon travail avec ma communauté en ligne grandissante, j'ai essayé de le garder secret des gens que je connaissais dans la vraie vie. J'étais mal à l'aise et j'avais peur d'être jugé ou que l'on se moque de moi pour m'être mis en avant, ainsi que mon travail, sur Internet.

Ci-dessus : ***To Wander in Wonderland***, (*Se balader au pays des merveilles*), ma première illustration réalisée pour un concours, 2010
Alors que je commençais à affiner mes compétences en dessin numérique, j'ai décidé de m'impliquer un peu plus dans la communauté artistique du web en participant à des concours. J'ai participé au concours *Alice au pays des merveilles* organisé par DeviantArt et j'ai reçu une mention honorable. À cette époque, c'était la chose la plus excitante qui pouvait m'arriver. Je me souviens de m'être réveillé et d'avoir découvert mon travail sur la liste des nominés. J'ai gardé la motivation de m'entraîner toujours plus !

Ci-dessus : Ma première commande artistique, 2011

À droite : *Sonicwoman*, personnage original, 2011

LA DÉCOUVERTE DE L'AQUARELLE

En 2010, j'ai été accepté dans un lycée très compétitif centré sur les mathématiques et les sciences. Si on choisissait d'étudier l'art, on se retrouvait taxés de saltimbanques. Sur les quelque trois cents élèves de ma promotion, seul·es quatre ou cinq d'entre nous avions choisi les cours d'art. C'était le nombre d'élèves habituel pour la classe de dessins. Vous imaginez l'effet que ça faisait.

Malgré tout, j'ai choisi un cours intitulé Studio Arts pour mes deux dernières années de lycée. Mon but était très simple : proposer un ensemble d'illustrations d'ici la dernière année pour accompagner un portfolio qui documenterait mon processus créatif de A à Z. Je dois beaucoup à ma professeure, madame Brysha, qui correspond exactement à l'idée qu'on peut se faire d'une prof d'art : grosses lunettes colorées, bijoux voyants, habillée de couleurs vives. Sa passion pour l'art nous portait. Avant ça, je n'avais jamais pensé que mon travail pouvait avoir quoi que ce soit de spécial. Je ne pensais pas qu'il serait un jour mis en avant. Pourtant, porté par la passion et les encouragements de madame Brysha, je me suis senti à l'aise de travailler le dessin sans craintes et de m'y plonger totalement.

Deux explorations à l'aquarelle, 2010

En cours de Studio Arts, le point central était la compréhension du processus créatif à travers une approche méthodique : les recherches et l'analyse, générer des idées, les développer et les affiner. J'ai appris comment travailler lentement et avec intention mes illustrations. Aujourd'hui encore, j'utilise toujours la démarche artistique que j'ai appris à utiliser dans ce cours du lycée.

À cette époque, je ne dessinais que sur ordinateur. Je détestais la peinture traditionnelle – elle me terrifiait. Mais essayer des techniques traditionnelles était obligatoire pour valider mon année, donc j'avais décidé d'explorer l'aquarelle. Après quelques recherches, j'ai développé une obsession pour Silvia Pelissero (alias Agnes Cecile) et ses aquarelles. Il y avait quelque chose de captivant dans son travail. C'était comme regarder les couleurs, pleines d'expressivité et de mouvements, danser sur le papier. Elle m'a donné envie d'essayer l'aquarelle pour la première fois et contre toute attente… j'ai détesté ça. C'était tout l'inverse de la peinture numérique : permanent et dur à maîtriser. Et le pire ? Il n'y avait pas de Ctrl+Z pour réparer mes erreurs. C'était comme peindre avec le chaos, sans aucune possibilité de contrôle. Mais, même si j'ai détesté ça, c'était ce que j'avais choisi comme technique tradi pour mon cours d'art, donc je devais continuer à expérimenter pendant les cours.

Au final, plus je peignais à l'aquarelle, plus je commençais à aimer tout ce que je détestais dans ce médium au départ. J'ai fini par apprécier de lâcher un peu mes envies de contrôle et appris à étreindre le chaos.

Recherches en techniques traditionnelles
pour mon carnet de croquis, 2013

relatively flat, basic 'hair'
→ contrast to blending + smoothness of skin tones, separating hair from body in a sense
—Here, I expl
a possible use of
line as inspi
by Nadiia.
I found that
the 'hair' could be
altered to suit
a variety of
elements ie.
shape, line.
explore
softly blended + toned face/skin
The repeated, rather parallel lines capture a sense of pattern and motion through the mere repetition.
grainy textures are really accentuated

« ~~NE~~ COURS ~~PAS~~ APRÈS TES RÊVES »

Ma dernière année de lycée n'était que pure confusion. Il y avait cette sensation de choix d'une destinée inéluctable à chaque : « Et vous voulez étudier quoi à l'université ? » Ça pesait lourd sur nos épaules. En fait, ça revenait à nous demander ce qu'on voulait faire du reste de nos vies. Comme j'étais allé dans une école très centrée sur les cours académiques pendant tant d'années, je me sentais motivé pour des études de maths et de sciences. Il était attendu que la quasi-totalité des élèves de mon école finisse par suivre un cursus en droit, en commerce ou en médecine. J'avais fini par adopter cet état d'esprit.

Je ne pensais pas que mes dessins pouvaient se vendre cher ou même que dessiner puisse être une carrière. On m'avait toujours dit que ce n'était pas « un vrai travail ». Comme je l'ai déjà dit, les activités artistiques étaient réservées à une élite de gens spéciaux, et je n'en faisais clairement pas partie. En dehors de madame Brysha, je n'avais jamais été encouragé à poursuivre mes ambitions artistiques professionnellement, pas même par mes autres profs. Vers la fin du lycée, tous les élèves avaient des rendez-vous obligatoires avec des conseillers d'orientation pour discuter des études supérieures et de nos options de carrières. J'ai dû donner mes préférences dans l'ordre : sciences, médecine et physiothérapie en haut de la liste. Et juste pour le geste, j'avais fini par ajouter études artistiques à la fin de ma liste – pas parce que je pensais pouvoir faire ces études, mais juste parce que c'était un sujet qui m'intéressait. Mon conseiller d'orientation s'est moqué de moi. Il m'a expliqué que c'était idiot et l'a retiré de ma liste. Je me souviens encore de cette sensation terrible de voir ma passion rejetée aussi violemment. Ça m'est resté.

Un peu plus tard cette même semaine, j'ai raconté à madame Brysha ce qu'il s'était passé. Elle était furieuse. Elle a regardé ma liste de choix de carrières avec une expression confuse, comme si elle en était un peu offensée. « Pourquoi as-tu mis en avant les sciences ? Tu finiras artiste de toute façon. » J'ai ri et je me suis dit qu'elle disait n'importe quoi.

Spoiler alert : j'ai fini par étudier la physiothérapie. Mais, quelques années après, quand je me suis enfin lancé dans une carrière artistique, j'ai recontacté madame Brysha. Nous avons pris un café ensemble, et je lui ai tout raconté. Sa réponse ? « Je te l'avais bien dit ! »

TOP ARTS 2014

Lors de ma dernière année de lycée, mon travail artistique a été un peu mis sur la touche. Je me suis concentré de plus en plus sur les maths et les sciences, en espérant que mes notes me permettent d'étudier la médecine ou la physiothérapie à la fac. Je dessinais de moins en moins. L'idée que le dessin n'était qu'un « loisir » s'installait de plus en plus dans mon esprit. Mais je n'ai pas abandonné complètement le dessin. Deux fois par semaine, j'allais aux cours de Studio Arts. Pendant quelques heures, je pouvais m'imaginer artiste professionnel vivant de son art. J'ai rapidement découvert qu'il existait un système d'exposition dans tout le pays nommé Top Arts, où les meilleur·es étudiant·es en art pouvaient présenter leur travail au musée national du Victoria. Alors, au début de l'année, je me suis lancé un pari : j'allais travailler sur mon portfolio dans le but de réussir à intégrer Top Arts. Si, par un quelconque miracle, j'étais accepté, ça voudrait peut-être dire qu'une carrière artistique restait à considérer, et que madame Brysha tenait quelque chose. C'était une dernière chance pour ma carrière d'artiste avant de fermer la porte sur ce rêve d'enfant pour toujours.

Mais j'entendais toujours la voix de mon conseiller d'orientation résonner en moi. Après avoir envoyé mon portfolio à Top Arts, j'ai reçu mon diplôme du lycée avec d'excellentes notes et j'étais accepté dans mon premier choix d'université, en physiothérapie. Ma famille était très fière de moi, et j'étais très heureux. Bien sûr que j'allais poursuivre cette carrière et que ma famille serait fière ! C'était la fin des cogitations… enfin, c'est ce que je croyais.

Un mois plus tard, je recevais ce mail :

NOUVEAU MESSAGE

Chers participants de Top Arts,
Félicitations ! Nous sommes ravis de vous apprendre que votre travail a été sélectionné pour St Art Up : Top Arts 2014, NGV Australie qui se tiendra à Federation Square, du 11 avril au 20 juillet 2014.

LES DÉBUTS DE KELOGSLOOPS

J'ai commencé mon premier semestre à la fac en janvier 2014. Les week-ends, je partageais de nouvelles illustrations sur les réseaux sociaux. Ma sélection à l'exposition Top Arts m'avait donné une lueur d'espoir, un regain de motivation. Tout roulait ! J'essayais des tas de styles différents et trouvais de nouvelles sources d'inspiration chaque jour. Avec le temps, j'ai trouvé mon style et un genre que j'appréciais – les portraits féminins semi-réalistes aux chevelures ondulantes parsemés d'ornements plus graphiques.

En mai de cette année-là, une de mes illustrations intitulées *The Red Hood* (*La Capuche rouge*) recevait un prix « Daily Deviation » et l'honneur d'être présentée en page d'accueil de DeviantArt. Pour beaucoup, ce n'était rien, mais pour moi c'était comme recevoir un Grammy. La même plateforme qui célébrait mes artistes préféré·es me mettait en pleine lumière ! Ce n'était peut-être que pour une journée mais c'était tout pour moi. J'ai commencé à entendre à nouveau cette petite voix dans le fond de mon esprit, qui résonnait cette fois un peu plus fort : « Et si ? »

#08
Redheads
45 safety
matches

SERIES

#BRBCHASINGDREAMS

Poussé par ce nouvel élan de motivation, je dessinais autant que possible. Je rentrais à la maison en courant de la fac pour dessiner jusque tard dans la nuit. J'ai fait ça toute l'année. C'est une période que je me remémore aujourd'hui avec tendresse, quand la pure motivation pour mon art et ma passion me faisait souvent oublier de dormir.

À la fin de l'année, j'avais passé quelques étapes. Je peignais à nouveau à l'aquarelle et j'avais gagné 1000 followers sur mes comptes DeviantArt et Facebook. J'avais aussi adopté mon credo : **#BRBCHASINGDREAMS**

On m'a beaucoup demandé ce que cela signifiait.

Je m'étais promis de suivre à la fois une carrière en physiothérapie et de travailler l'illustration pour m'améliorer. Ainsi, à ma retraite, je pourrais me consacrer à une carrière artistique. Si je pouvais dédier tout mon temps libre au dessin et si je pouvais obtenir une véritable stature d'artiste, peut-être que je pourrais poursuivre mon rêve et lui consacrer tout mon temps. J'échangeais des SMS avec une amie à propos de ce rêve de percer pendant une de mes pauses peinture. À un moment de la conversation, je me suis rendu compte que je devais repartir travailler sur mon dessin et je lui ai écrit : « Je reviens vite – *Be right back (BRB)* – je dois aller poursuivre mes rêves – *chasing dreams* ! »

Au fil des années, c'est une promesse que je me suis faite à moi-même : dessiner, apprendre et m'améliorer constamment.

C'est un rappel à moi-même de ne pas perdre de vue mes rêves et de travailler tous les jours pour les atteindre.

SOUS PRESSION

Mes parents sont des immigrés ayant fui le Vietnam dans les années 1980 pour une meilleure vie. Ils ont tout donné à leurs enfants, moi y compris, pour que notre futur soit radieux. Ce qui nous a instillé une sorte de dette morale et une obligation de réussir. Un besoin de nous mouler dans l'avenir pour lequel nos parents avaient tant sacrifié. Ce qui voulait dire chercher un « vrai travail », genre avocat ou médecin. C'est un stéréotype à la base de nombreuses blagues mais c'est aussi une réalité. Mes parents n'avaient pas eu le luxe d'envisager des carrières artistiques. C'est ce qui a contribué à renforcer cette croyance que mon art ne valait pas grand-chose. Après tout, c'est ce qu'on m'avait répété toute ma jeunesse. L'éventualité d'une carrière artistique – mon « et si ? » – semblait être une trahison envers mes parents. Je me sentais coupable et honteux d'y songer même un seul instant, alors que j'avais une vie aussi privilégiée. Je recevais l'éducation dont mes parents avaient rêvé. Pourquoi risquer de perdre tout ça ?

Ces pensées ont tourné dans ma tête pendant des mois. Je me souviens d'être épuisé de ces nuits passées à me tourner en ressassant. J'ai commencé à en parler avec mes ami·es. Et à ma famille… quasiment tous m'ont déconseillé une carrière artistique. Ils me disaient de finir mes études d'abord et de voir le dessin comme un loisir. C'était un peu démoralisant. Ma belle-sœur, Kim, m'a encouragé, ce qui m'a fait chaud au cœur. Mais la discussion la plus difficile restait à venir : ma maman, qui était, et est toujours, tout pour moi. Tout ce que j'avais fait jusque-là, c'était pour la rendre fière.

Un jour, j'ai fini par dire à ma mère ce que j'avais vraiment envie de faire. Je ne me souviens pas de ce que j'en espérais, ou ce que l'on s'est dit, mais ce n'était pas une conversation agréable. En réalité, ça m'a brisé le cœur. Je sais qu'elle était juste inquiète pour moi, et pour de bonnes raisons. Et, une fois encore, j'ai fermé la porte sur mon rêve et j'ai décidé de poursuivre mes études de physiothérapie.

Bien sûr, cela n'a pas duré. Quelques mois plus tard, je me suis réveillé en sentant que quelque chose en moi avait changé. Je ne pouvais plus fermer les yeux sur mon envie de devenir artiste. J'ai eu une autre conversation compliquée avec ma maman et je lui ai dit que je voulais poursuivre mes rêves.

Ça a été dur. Pendant longtemps, j'ai eu l'impression de lui avoir fait honte et de l'avoir déçue, surtout après qu'elle avait été aussi fière de mes réussites scolaires. Ce sentiment ne s'est calmé qu'aux alentours de 2019, quand j'ai enfin pu l'emmener à ma première exposition à Melbourne. J'en reparle plus tard dans ce livre.

À partir de là, il n'y avait plus de retour en arrière possible. J'embarquais dans les montagnes russes de l'inconnu et je m'accrochais, sans avoir aucun indice de ce que ça allait m'apporter un jour. Je passais des jours entiers à dessiner et à peindre, encore plus qu'avant. J'améliorais mes techniques à l'aquarelle. Mes réseaux sociaux prenaient de l'ampleur autour de certaines de mes illustrations qui faisaient parler d'elles. À la fin de l'année 2015, j'avais laissé de côté la peinture numérique pour trouver mon bonheur du côté des techniques traditionnelles.

Étape clée

En 2015, le concours « 24HourBlitz » a été lancé par un comité local. Les participant·es recevaient un email avec un thème et devaient produire en vingt-quatre heures une illustration qui pourrait être encadrée et exposée le jour suivant pendant l'événement. Ma proposition était *Two Worlds, One Ocean* (*Deux mondes, un océan*) (ici, à droite). C'est l'une de mes œuvres les plus mémorables, la plus cool que j'ai peinte jusqu'à lors, et elle est restée ma photo de profil encore aujourd'hui. Malheureusement, cette peinture n'a obtenu aucun prix et ne s'est pas vendue (elle était proposée à deux cents dollars). Mais je l'ai gardée, accrochée dans mon studio, avec fierté.

peinture numérique

ET SI ?

Pendant les deux années qui ont suivi, j'ai dessiné encore plus d'arrache-pied. J'ai fait d'énormes bonds en avant et progressé, jalon après jalon. Je décidais d'ouvrir un compte Instagram pour y partager mon travail en développant un public qui suivait mes dessins signés Kelogsloops. J'y maintenais un style cohérent avec mes illustrations numériques mais j'expérimentais encore à l'aquarelle, à côté. Mon travail trouvait son public et plus de succès que jamais, mais tout ça avait un prix...

Durant ma seconde année à l'université, les volumes de cours se sont intensifiés. Ma charge de travail est devenue plus que conséquente. Essayer de trouver un équilibre entre les études et le dessin a commencé à devenir impossible. Je me suis beaucoup endormi en cours parce que je restais éveillé trop tard pour dessiner, et mes notes ont commencé à chuter. Je devenais malheureux quoi que je fasse. J'ai fini par atteindre un point où les cours m'ont fait douter de ma passion. Une fois de plus, mon art passait au second plan, et avant que je ne m'en rende compte, j'avais arrêté de dessiner. C'était un vrai tournant mental pour moi. Mais tout a basculé juste après.

J'ai redécouvert une artiste néerlandaise que je trouvais déjà très inspirante pendant mes années collège. Lois van Baarle, alias l'incroyable Loish, avait commencé à dessiner en amatrice avant de partager son travail en ligne. Ces premiers pas avaient fini par la porter vers une carrière professionnelle artistique. Voir quelqu'un réaliser ce rêve d'une vie qui était aussi le mien m'ouvrait les yeux sur un avenir possible et réveilla mon enfant intérieur. Je me suis dit : « Peut-être que je peux faire ça, moi aussi ! » J'ai commencé à être obsédé par son parcours, à lire tous les blogs et les foires aux questions à son sujet, à chercher chaque parcelle d'information disponible sur sa carrière. Elle est devenue mon modèle. Elle était la preuve vivante que l'on pouvait faire de ses rêves une réalité.

C'est comme ça que j'ai commencé à documenter tout mon processus artistique, des croquis à la finalisation. Je les partageais sur mon Tumblr et j'ai découvert que les gens aimaient beaucoup voir une illustration prendre vie. Naturellement, s'est ensuivie la création de ma première chaîne YouTube, où j'ai commencé à prendre les vidéos de création un peu plus au sérieux.

J'ai essayé de créer des images avec des intentions plus marquées. *Fade Into Serenity* (*Disparaître dans la sérénité*) était un hommage à mon parrain décédé, celui qui m'avait offert ma tablette numérique et permis d'arriver là où j'étais. Je pense qu'il serait très fier de voir où j'en suis aujourd'hui.

Croquis au crayon

Croquis au crayon

carnet
d'aquarelles

C'est donc en 2015 que j'ai commencé à pratiquer l'aquarelle plus régulièrement. J'ai acheté un carnet pour y consigner mes expérimentations. Mon premier était un carnet de croquis de mauvaise qualité qui ne devait pas coûter plus de dix dollars australiens. Ce n'était même pas un papier adapté à la peinture à l'eau, mais il n'était pas très cher, donc je me sentais libre d'essayer de nouvelles techniques. Avec le temps, j'ai pris confiance en moi et j'ai osé utiliser plus de couleurs vives ainsi que des éclaboussures de peinture.

Au début, ces carnets n'étaient qu'un moyen de m'amuser avec la peinture, mais au fil des années, ils ont fini par devenir des œuvres d'art en eux-mêmes (comme beaucoup me l'ont fait remarquer). Mais même maintenant, je les considère toujours comme des carnets basiques parce que je m'en suis servi pour tester de nouvelles techniques, motifs et compositions que je finis souvent par incorporer dans mes peintures. C'est là que j'ai développé le style artistique pour lequel je suis connu aujourd'hui.

Mes recommandations pour débuter

Peindre à l'aquarelle peut être intimidant. Même si les peintures de très bonne qualité produisent les meilleurs résultats (et sont souvent plus faciles à travailler), on peut vite être intimidé·es. C'est pourquoi je conseille toujours de commencer par utiliser du matériel peu cher, surtout pour celles et ceux qui voudraient essayer de nouveaux médiums. Achetez des pinceaux, de la peinture et du papier pas chers et tester ! Lâchez-vous et amusez-vous juste à essayer des trucs. Au début, cela vous semblera inconfortable et à côté de la plaque, mais avec le temps, vous allez vous familiariser avec le matériel et prendre confiance. Quand vous vous sentirez prêt·es, commencez à investir dans du matériel plus qualitatif. Mais, en attendant, ne vous mettez pas de pression en achetant des choses chères.

Dans mes toutes premières œuvres, j'utilisais l'aquarelle pour ajouter des éléments abstraits et surréalistes à mes peintures, comme ces explosions vibrantes de couleurs dans les cheveux du personnage.

À l'époque, j'utilisais le plus de couleurs possible (en dehors des verts) : des rouges éclatants, des bleus profonds, des violets riches, des jaunes dorés et des turquoises électriques. J'étais très inspiré par Agnes Cecile et je n'avais pas peur de jouer avec la couleur dans ces carnets bon marché. J'ai fini par entrevoir les palettes de couleurs et les combinaisons avec lesquelles j'aime travailler – les rouges et les bleus.

J'aimais dessiner des portraits semi-réalistes en ne définissant la peau qu'au crayon. La chevelure, par contre, était en général l'occasion pour moi d'ajouter des éléments plus abstraits à la peinture. C'est là où je pouvais utiliser des explosions de couleurs ou des textures et autres coups de pinceau plus expressifs. Ces deux éléments distincts sont les concepts visuels que j'ai poussés de plus en plus pendant mon cheminement créatif.

Ici, c'est la première fois que j'essayais d'utiliser l'espace négatif en laissant les cheveux sans peinture. J'aimais le contraste percutant du blanc du papier contre les autres couleurs, ainsi que l'effet de texture du papier. Alors, j'ai continué d'explorer cette technique.

LE SUJET D'ABORD

Jusqu'à ce moment précis, je ne dessinais que des portraits. Toujours dans l'idée d'étendre mes horizons, j'ai décidé de diversifier les sujets de mes peintures. J'ai choisi les figures animalières, un thème qui ne m'avait jamais vraiment intéressé auparavant. Après avoir testé quelques dessins dans mon carnet, j'ai découvert que ça me plaisait beaucoup. Au fil des années, j'ai incorporé régulièrement des animaux dans mon travail. J'ai découvert qu'ils me permettaient de développer plus amplement un concept, une idée. Finalement, les animaux sont devenus un de mes sujets de prédilection dans certaines de mes peintures.

Mon conseil ? Garder l'esprit ouvert en matière de sujets. Vous pouvez vous spécialiser dans le dessin d'animaux, de décors ou de portraits, mais pensez à essayer d'autres choses régulièrement. Vous pourriez découvrir que c'est moins intimidant que vous ne le pensiez. Ça pourrait même devenir vos nouveaux sujets de prédilection, comme pour moi.

TECHNIQUES MIXTES

Étant de plus en plus à l'aise avec l'aquarelle, j'ai commencé à mélanger les techniques. J'ai fait des tests avec de l'encre dorée et des peintures irisées pour la première fois et je suis immédiatement tombé amoureux de ces effets. Les peintures métallisées ajoutaient une sensation de profondeur et un côté multidimensionnel.

Mélangez-moi ça

Amusez-vous avec les techniques mixtes ! Si travailler avec un seul médium peut déjà vous sembler très pratique, j'ai découvert qu'utiliser des éléments travaillés avec plusieurs techniques m'aidait à améliorer mes peintures sur différents aspects, comme les effets de profondeur ou de texture. Les effets métallisés (l'encre dorée et la feuille d'or) changent la perception de celles et ceux qui regardent une peinture en les forçant à la regarder sous plusieurs angles. L'or se reflète en différents effets de chaleur, teintes et points focaux qui modifient presque entièrement une peinture.

Parfois, les techniques mixtes peuvent également renforcer la technique de base. Par exemple, avec de l'encre blanche, je peux renforcer les rehauts ou les zones claires d'une peinture, ajouter des couches de crayon de couleur, de gouache ou de pastels pour saturer ou augmenter l'éclat de la couleur d'une peinture à l'aquarelle. On ne sait jamais quelle technique peut améliorer notre art !

Dans cette période, ma palette de couleur a mûri et s'est simplifiée pour des tons moins saturés. Je ne travaillais plus avec les jaunes éclatants, les rouges et les bleu-vert. J'avais remplacé mes couleurs habituelles par des jaunes dorés, des bleus profonds et des tons de peau plus foncés. J'avais envie de mieux maîtriser mon utilisation de la couleur (avec plus de subtilité) pour faire passer mes intentions plutôt que d'utiliser des palettes choisies spécifiquement pour attirer l'œil et créer des contrastes forts.

Peu après, je suis passé de l'utilisation d'encre dorée à la feuille d'or. J'avais découvert le travail de Gustav Klimt et de Brad Kunkle – deux artistes qui proposent souvent de la feuille d'or dans leurs peintures. J'étais très inspiré par eux et j'ai essayé d'incorporer ce médium dans mes illustrations de la même manière qu'avec l'encre dorée précédemment, en tentant d'ajouter des effets de profondeurs. Je suis vite tombé amoureux de la manière dont la feuille d'or faisait ressortir mes dessins donc j'ai continué à la travailler, jusqu'à ce que j'aie le courage de l'utiliser dans mes peintures d'exposition.

INSPIRATIONS

Mon travail s'inspire de nombreuses formes d'arts d'Asie de l'Est, avec une influence japonaise très marquée, qui vient de mon amour pour le manga et les animés depuis mon enfance. Les motifs, les éléments ornementaux et même les tissus des vêtements que je dessine en sont de bons exemples. Je pense que la fixation que je fais sur les tissus vient des films d'arts martiaux que je regardais avec ma maman quand j'étais petit. Ces films proposaient souvent des scènes de combat avec des personnages pleins de prestance qui dansaient et volaient dans les airs, drapés de superbes vêtements aux motifs détaillés. Ces dernières années, j'ai puisé mon inspiration dans des films comme *Le Secret des poignards volants* ou *Hero* du réalisateur légendaire chinois Zhang Yimou. J'ai un aveu à faire : j'ai développé une étrange obsession pour *Hero*. Les couleurs, la photographie du film, la musique et les interprètes sont vraiment parfaits (pour être totalement honnête… Zhang Ziyi est ma muse).

En général, je puise mon inspiration dans le genre fantasy. J'ai beaucoup été exposé aux jeux vidéo en grandissant. Mes frères aînés jouaient à *Final Fantasy* et *World of Warcraft*, et les regarder se plonger dans ces mondes magiques était une véritable source d'émerveillement. Les personnages étaient si cools. Leurs cheveux colorés parfaitement coiffés, leurs vêtements hyper originaux, toujours à la poursuite d'un méchant en train de se battre pour prendre le contrôle de leur destin. C'était tellement palpitant à regarder pour un enfant !

Pour ce qui est des inspirations tirées de la vie réelle, je pourrais parler des doux portraits de femmes d'Anna Dittmann, d'Agnes Cecile (que j'ai déjà mentionnée) avec son travail si expressif et brut, d'Audrey Kawasaki pour son style si sensuel, de Gustav Klimt et ses compositions oniriques et ses dorures, d'Yoshitaka Amano pour ses travaux très fantasy si immersifs et des chefs-d'œuvre calmes et pleins de sens de Shaun Tan.

Aussi cliché que cela puisse paraître, l'inspiration se niche partout. Je peux tout aussi bien trouver l'inspiration dans les paroles d'une chanson que dans une combinaison de couleurs, un souvenir précis, une pièce de poterie, une vieille photo, une choré' de danse ou un clip. Peu importe. Le simple mouvement d'une ligne peut m'inspirer l'idée d'une pièce entière. Parfois, j'ai un déclic et je vais être embarqué dans une histoire entière ou une composition qui se déroulent dans mon esprit. Par exemple, en observant des poteries, je suis tombé sur un art appelé kintsugi, l'art de réparer des céramiques brisées avec de l'or. Cette seule information m'a inspiré un tout nouveau concept.

Les idées qui sous-tendent mes œuvres tournent beaucoup autour de mon envie de retranscrire un sentiment. Ces dernières années, j'ai été très inspiré par les travaux de Shaun Tan et par sa capacité à faire passer des émotions dans ses peintures. Quand on regarde son travail, on peut immédiatement sentir quelque chose dans la subtilité de ses choix de couleurs et de composition. Ce sont ces sensations que j'essaie de faire passer sur le papier parce qu'elles sont trop difficiles à transmettre par les mots – des choses comme le ressenti du deuil, l'innocence, ce moment où on plonge dans le sommeil, l'anxiété ou encore la peur.

exposer en galeries

ENTRER DANS LE MONDE DES GALERISTES

Je suis entré dans l'univers des galeries plutôt par hasard, quand mon travail commençait à être partagé sur des espaces en lignes et des pages Internet spécialisées. De temps en temps, mes peintures étaient diffusées dans le magazine *Beautiful Bizarre*. Un jour, j'ai reçu un courriel de leur part qui me proposait de participer à une exposition collective intitulée *Les Petits Fours*.

C'était ma toute première exposition en galerie, j'étais aux anges ! Ce week-end-là, j'ai menti à ma mère et j'ai dit que je restais chez un ami qui habitait pas loin pour quelques jours (désolé, maman !) J'ai convaincu mon ami de faire un road trip spontané avec moi, et le jour suivant, nous roulions huit heures au nord de Melbourne pour assister au vernissage.

Grâce à cette exposition, je me suis lié d'amitié avec Danijela Krha Purssey, co-fondatrice de *Beautiful Bizarre Magazine*. Puis nous avons échangé nos cartes de visite et nous avons commencé à discuter. Je me souviens très bien de sa description de *Beautiful Bizarre* et de ses envies très précises pour le magazine. Elle voulait créer un magazine d'art contemporain internationalement reconnu qui puisse mettre en avant de jeunes artistes. Je n'avais jamais parlé sérieusement de ma passion pour la peinture avant (je n'avais jamais eu d'amis artistes). Nous sommes très vite devenus proches et nous avons gardé le contact au fil des années. Après quelques conversations, je lui ai dit de me tenir au courant si elle avait besoin d'aide pour quoi que ce soit, et nous en étions restés là.

Un peu plus tard, j'ai reçu un message de sa part me demandant si j'avais un peu de temps libre pour l'aider sur un problème urgent de design, et j'ai répondu « bien sûr ». Et puis ce problème est devenu deux problèmes, puis trois. Le directeur artistique du magazine est parti peu après. Et donc, en un sens, avec une succession bizarre d'événements, je suis devenu le directeur artistique de *Beautiful Bizarre Magazine*.

Lors de la première année du magazine, Danijela a suivi mon évolution artistique et m'a invité à participer à une exposition qu'elle organisait dans une galerie à New York. *Heart's Blood*, de la galerie Haven, a été ma première exposition internationale.

Et c'est là que ça devient fou : un an après, la même galerie m'a demandé si je pouvais présenter ma propre exposition solo. À partir de là, j'ai été invité dans des expositions tout autour du monde. De New York à Los Angeles en passant par Berlin, et même à Melbourne, ma ville natale. Quel chemin !

Même si la chance a beaucoup joué dans mon entrée dans le monde des galeries, je pense que je peux quand même vous donner quelques conseils :

D'abord, perfectionnez votre art. Passez du temps à finaliser des peintures en peaufinant vos techniques. Quand vous présentez vos travaux à des galeries, il faut leur montrer les meilleures pièces. Pas simplement un portfolio d'ébauches ou de peintures en cours de travail.

Deuxième conseil, la constance ! Votre travail n'a pas besoin d'être parfait mais il doit être cohérent, que ce soit dans votre stylisation, dans le choix des sujets ou même des idées. Un·e galeriste doit pouvoir regarder vos travaux et avoir confiance dans sa capacité à les présenter à des collectionneur·euses sans avoir à s'inquiéter que vous passiez de l'hyperréalisme au style cartoon pop art dans la même semaine. La constance et la cohérence de votre travail aident à les rassurer (ainsi que les gens qui achètent) sur le fait que vous serez un bon investissement.

Troisième conseil, savoir quand et comment contacter des galeries. Beaucoup de galeries ont des appels à projets, dans lesquels elles invitent les artistes à présenter leurs travaux et portfolios. Gardez un œil sur ces appels et préparez une série de peintures prêtes pour ces opportunités. C'est un peu piégeux de contacter des galeries en dehors de ces périodes d'appels à projets. Vous ne voulez vraiment pas être l'artiste qui harcèle régulièrement les galeristes avec son travail. Restez pro et attendez une opportunité qui vous permette de les contacter dans de bonnes conditions. Le travail avec une galerie est aussi la construction d'une relation à long terme avec des professionnel·les. Vous allez vouloir vous investir l'un·e envers l'autre et prendre soin de cette relation, ne partez pas du mauvais pied !

Enfin, soyez patient·e. Continuez à faire ce que vous faites déjà : travailler au perfectionnement de votre art. Pensez à partager votre travail sur les réseaux sociaux. Les galeristes cherchent en permanence de nouveaux talents et demandent souvent dans leur cercle de travail si quelqu'un connaît un ou une artiste pour rejoindre une exposition collective. Partager votre travail paie, alors faites en sorte d'être visible. Il y a plusieurs moyens de partager votre travail qui seront corollaires du travail des galeries, comme les concours artistiques et les articles de presse. Par exemple, *Beautiful Bizarre Magazine* lance un concours annuel dans lequel les gagnants et le trio de tête peuvent voir leur travail partagé sur des plateformes très réputées. Les galeries qui travaillent avec des magazines d'art découvrent aussi régulièrement de nouveaux artistes grâce à ces événements.

Ma première exposition internationale avec la galerie Haven en 2017 a marqué un grand tournant dans ma carrière. Erica Berkowitz, la copropriétaire de la galerie, m'avait invité à une exposition collective peu après le succès de l'exposition *Heart's Blood*, et, par la suite, elle m'a proposé de revenir seul au mois de novembre 2018 pour l'exposition *Flood* (*Inondation*). Cette exposition a fait faire un énorme bond en avant à mon travail et contribué à ce qu'il est aujourd'hui. Je suis toujours incroyablement redevable à Erica et Joseph Weinreb (l'autre copropriétaire) d'avoir parié sur moi si tôt dans ma carrière.

Ma première exposition personnelle sera toujours gravée dans mon cœur comme l'un des souvenirs les plus mémorables de ma vie. Je me trouvais là, debout dans cette pièce de l'autre côté du monde, à observer avec fierté mes peintures accrochées aux murs, avec le nom « Kelogsloops » placé au-dessus en grandes lettres noires.

D'un coup, il semblait que j'étais passé de gribouiller en m'amusant dans mes carnets à monter des expositions professionnelles avec mes peintures. Et c'est ainsi que mon processus créatif a écopé de changements drastiques et d'une approche plus méthodique.

Let's Dance with the Dark (Dançons avec l'obscurité)
Mon travail s'inspire souvent d'une chanson. Cette pièce n'y fait pas exception, elle est inspirée de « Slow Dancing in the Dark » de Joji.

Remise en question

C'est drôle… J'ai songé à changer de nom quand je suis entré dans le monde des expositions… Il me semblait tellement enfantin et peu professionnel de voir Kelogsloops noté sur les murs et les flyers d'exposition. Mais, à la même époque, Hieu Nguyen me semblait être une option un peu triste. Je pense qu'il est honnête de dire qu'il est bien trop tard pour changer de nom maintenant. Et au final, je n'aurais pas aimé en avoir choisi un autre.

AFFINER MA MÉTHODE

Mon processus de travail varie selon si je peins pour le plaisir (en général dans mes carnets) ou pour réaliser une œuvre pour un·e client·e ou une exposition. Quand je peins pour le plaisir, je vais directement du croquis à l'illustration peinte avec peu de préparation, en prenant les décisions pendant que je peins. Quand je débute une peinture commandée, c'est une tout autre histoire ! J'utilise toujours la même approche méthodologique que j'ai développée pendant mes cours d'art au lycée.

J'aime à penser toute ma méthode de création en peinture comme de la planification et de la résolution de problèmes. Je veux matérialiser une certaine vision ou idée, en utilisant mes compétences et techniques acquises. Je dois trouver comment la réaliser. Pour cette peinture (à droite), la coquille dorée a commencé comme une expérimentation de différentes couches de dorés métalliques issus de plusieurs médiums. Il m'a fallu plusieurs essais avant de trouver la bonne combinaison.

CRÉER UNE COLLECTION

Lines Beneath Your Surface (*Lignes sous ta surface*), ici à droite, est une peinture que j'ai réalisée pour une exposition à Los Angeles intitulée *East/West* pour la galerie Corey Helford en 2018. C'est la première fois que j'incorporais de la feuille d'or dans une peinture exposée. C'est l'époque où je m'essayais à la feuille d'or dans mes carnets et où j'étais tombé amoureux du rendu de cet effet métallisé très prononcé (par rapport à l'or liquide). Il donnait instantanément vie à mon idée, insufflant tellement plus de profondeur à ma peinture. Le soir du vernissage de l'exposition, c'était si cool de voir les gens interagir avec mon travail, reculer et avancer, bouger de droite à gauche, ou de haut en bas pour voir comment la lumière agissait sur la dorure selon différents angles de vue. Ça poussait les gens à regarder ma peinture de plus près ! À partir de là, c'est devenu une obsession pour moi. J'ai passé des années à essayer d'incorporer de différentes manières la feuille d'or dans mes peintures, en essayant de ne pas la laisser envahir toute l'œuvre. Je l'utilise en touche finale pour mettre en valeur la peinture et mes idées.

Cette peinture a marqué le début de ma relation avec la galerie Corey Helford. Fin 2017, j'étudiais à l'étranger pour un semestre à l'université publique de San Diego. Un weekend, avec un ami, nous avons décidé de faire un petit saut à Los Angeles pour voir une exposition présentant les œuvres de Ian Francis, dont j'avais mis en page le travail pour un article de *Beautiful Bizarre Magazine*. Alors que nous nous apprêtions à partir, j'ai aperçu la directrice de la galerie, Sherri Trahan, sortant de son bureau. Je me suis présenté, et nous avons eu une très belle conversation sur l'histoire de la galerie et sur l'exposition en cours.

Pendant cette conversation, elle m'a demandé si je peignais et a demandé à voir mon travail. Sans trop y réfléchir, ou n'en attendant pas grand-chose en tout cas, je m'étais dit que c'était l'occasion. Notre première et unique interaction. Un peu plus d'un mois plus tard, j'ai reçu un courriel sorti de nulle part de la galerie Corey Helford. J'étais avec mon ami et je me souviens encore du moment où j'ai ouvert le message. C'était quelque chose du genre :

NOUVEAU MESSAGE DE GALERIE COREY HELFORD

BONJOUR HIEU,
NOUS SOMMES RAVIS DE VOUS INVITER À PARTICIPER À NOTRE NOUVELLE EXPOSITION COLLECTIVE.

Cette invitation à exposer résonnait différemment des deux précédentes. Pour ces autres occasions, j'avais été invité à participer à des expositions collectives grâce à la gentillesse de Danijela qui avait bien voulu m'inclure. Cette fois, il me semblait que mon travail était reconnu en lui-même. Je n'avais même pas encore de collection digne de ce nom. J'avais l'impression que Sherri avait vu du potentiel dans mon travail et dit : « Et si on donnait sa chance à ce type ? » Cette exposition a mené à une autre, puis à une autre et enfin, à une exposition dédiée à mon travail à la galerie Corey Helford en 2019.

À Sherri et Caro – merci à vous deux du plus profond de mon cœur d'avoir bien voulu me donner ma chance !

Il y a quelques étapes supplémentaires dans la création d'un ensemble d'œuvres pour une exposition plutôt qu'une peinture isolée. Plus généralement, une exposition devrait toujours avoir un thème. Pour une exposition solo, ce thème est choisi par les artistes. J'avais fini par choisir le thème *Breathe* (*Respirer*) pour ma première exposition en solo.

Après avoir réfléchi au thème, j'ai commencé mon processus créatif habituel : je me suis plongé dans des recherches et des idéations en croquis pour tester de nouvelles idées avant de leur donner vie pour imaginer toutes ces visions comme les parties d'un tout. J'ai généralement plusieurs idées en tête en même temps. Certaines n'iront pas rejoindre le corpus final et d'autres n'apparaîtront que quand j'aurais déjà réalisé quatre ou cinq peintures. Il faut toujours garder l'esprit ouvert pour accueillir des changements ou de nouvelles idées.

Pour *Breathe*, je n'ai commencé la peinture qu'après avoir réalisé trois ou quatre esquisses préliminaires. Quand on travaille sur une collection, les concepts préliminaires peuvent finir par évoluer en quelque chose de totalement différent. Ce qui laisse la possibilité à des idées inattendues d'émerger. Par exemple, incorporer des pétales dans *Shelter* (*Refuge*) m'a donné envie de les utiliser dans *A Moment to Rest* (*Un moment de repos*) et *Inhale, Exhale* (*Inspire, expire*). Voici un commentaire que j'avais rédigé pour accompagner la collection :

« *Breathe* est un ensemble de peintures que j'ai pensé comme les incarnations d'un rappel : celui de ne pas oublier les instants de repos dans le chaos de nos vies quotidiennes. Vivre en pleine conscience, si vous préférez. Ces peintures sont des instants suspendus dans le temps, une tentative de dépeindre cette sensation de calme. Ce n'est pas un sentiment de bonheur ou de tristesse, mais une sensation de contentement, dans l'instant présent. Pour moi, il s'agit de trouver du confort et du relâchement en découvrant que tout arrive pour une raison, et que les choses finiront par être ce qu'elles doivent être. »

BREATHE

Avant même d'avoir finalisé mon exposition à la galerie Haven en 2018, j'étais invité à présenter une exposition personnelle à la galerie Beinart en 2019. Peu après, on m'a demandé de préparer une autre exposition pour la fin de l'année à la galerie Corey Helford. C'était un peu fou, c'est le moins qu'on puisse dire, mais l'exposition pour la galerie Beinart était spéciale à mes yeux car c'était la première présentée dans ma ville natale, à Melbourne en Australie.

À ce moment précis de ma carrière, ma famille et mes ami·es n'avaient vu mon travail que sur Internet. Bien sûr, iels savaient que j'exposais dans des galeries. Mais comme j'envoyais mes peintures à l'étranger dès qu'elles étaient terminées, je ne crois pas que quiconque ait pu apercevoir l'une d'entre elles. *Breathe* était ma première occasion de présenter à ma famille ce que je faisais pour vivre. J'espérais apaiser leurs esprits, et plus particulièrement celui de ma maman. C'était une chance de prouver que j'avais eu raison de poursuivre mes rêves. Cette exposition était très importante à mes yeux.

MUSIQUE : UN ÉTAT D'ESPRIT

Pour *Breathe*, j'ai puisé beaucoup de mon inspiration dans deux chansons : *Fall Apart*, un remix de Lofty (j'ai nommé une de mes peintures d'après cette chanson) et *Oogway Ascends*, tirée de la bande originale de *Kung-fu Panda*. Ces chansons passaient en boucle dans mon studio quand je travaillais sur cette exposition. Je fais souvent ça quand je travaille sur un ensemble de peintures. Je commence par associer ce qui m'a inspiré les sentiments qui sous-tendent l'exposition avec une chanson. En jouant des morceaux spécifiques constamment quand je travaille sur une peinture, je peux rapidement me remettre dans le même état d'esprit et continuer à y puiser de l'inspiration.

Avec cette exposition, c'était la première fois que j'utilisais des pétales flottants dans mes compositions. Je tire ces motifs du film *Hero* ainsi que d'une scène de *Kung-fu Panda 3*. Ces deux films proposent des scènes avec des envolées de pétales qui créent un sentiment de mouvement et de flottement hypnotique. C'est ce qui m'a donné envie de l'utiliser dans mon travail.

APAISER LES ESPRITS

Le soir du vernissage de l'exposition *Breathe* est un brouillard surréaliste qui m'a semblé s'évanouir en un instant. Des centaines de personnes sont venues – la galerie était pleine à craquer, on s'entassait comme des sardines ! Je dois admettre qu'elle était un peu trop pleine même pour ses capacités d'accueil, mais il y avait un véritable buzz autour de l'exposition. C'était exaltant (pour moi du moins). Beaucoup de mes ami·es étaient là pour soutenir l'exposition et même certain·es que je n'avais pas vu ou à qui je n'avais pas parlé depuis des années. J'ai découvert qu'iels soutenaient mon travail de loin. Il y avait un tel déferlement d'amour de la part de fans, de *followers* et de mes soutiens... c'était vraiment incroyable.

Cerise sur le gâteau, ma famille est arrivée à la fin du vernissage. Il y a eu un moment vraiment intense quand les gens ont reconnu ma mère qui se tenait près de la foule. Les gens se sont écartés pour l'accompagner auprès de moi. J'avais les larmes aux yeux, ma maman pouvait voir de ses yeux la matérialisation de tout ce que j'avais accompli et de ce que j'étais devenu. Elle a pu voir les centaines de personnes qui étaient venues voir mon travail, et leurs réactions enthousiastes à l'égard de l'exposition.

« C'EST MON FILS ! »,

a-t-elle hurlé.

À cet instant précis, j'ai vraiment senti que je l'avais rendue fière. Elle m'a dit plus tard que des étrangers étaient venus lui dire bonjour et la remercier. C'était un énorme poids enfin retiré de mes épaules. C'était pour le moins bouleversant. Après cette conversation tendue avec ma mère des années auparavant, « Maman, je veux quitter mes études pour peindre », j'ai fini par réussir à apaiser ses inquiétudes. Et je l'avais rendue fière.

Avec ma maman durant mon exposition *Breathe* à Melbourne en 2019

A Moment to Rest (Un moment de repos)

Le ruban rouge qui entoure la silhouette est une référence à la légende chinoise du fil rouge du destin. La légende originelle parle du lien du destin tissé entre des âmes sœurs. Mais pour cette peinture, je voulais réinterpréter cette légende en une histoire qui parle de se connecter nous-mêmes à notre propre destinée. J'aimais l'idée que quel que soit le nombre de nœuds à démêler ou de moments où l'on a trébuché sur ce fil, on reste embarqué·es dans ce voyage pour une même destination.

Inhale, Exhale (Inspire, expire)
Cette pièce était la pièce centrale de l'exposition. Finalisée, elle montrait vraiment tout ce que je voulais exprimer. Ce à quoi je ne m'attendais pas, c'est que ce serait aussi un grand tournant pour moi. Je pense qu'à cet instant, elle résumait bien le style que je voulais donner à mon travail et ce qu'il symbolisait.

Quelques années auparavant, j'avais demandé à une amie : « Comment tu décrirais mon travail ? » Et elle m'avait répondu : « ton travail c'est comme… inspirer et expirer, tu vois ? » C'était une réponse vague et étrange, mais je pouvais comprendre ce qu'elle voulait dire. Je pense que cette idée m'est restée pendant longtemps jusqu'à ce que je sois capable de lui donner vie dans cette exposition. Ce travail a été le point de départ de compositions plus complexes pour moi, ainsi que des intentions plus visibles dans l'émotion et qui présentaient plus clairement ma vision. Cette peinture a une place très spéciale dans mon cœur.

mon style

COMMENT J'AI TROUVÉ MON STYLE

J'aime penser que mon style résulte d'un mélange lent et progressif de toutes les choses que j'ai aimées en grandissant. Je n'ai jamais su ce à quoi je voulais que ressemble mon art, donc j'ai passé pas mal de mes années d'adolescent à tester plein de styles. J'avais envie d'explorer tant de choses, du manga à la caricature en passant par la bande dessinée, l'hyperréalisme, l'abstrait, le vecteur, la fantasy ou même le style chibi.

Je ne travaille plus ces différents styles mais je pense que tous ces genres se retrouvent dans des parties de mon style actuel. Vous pouvez voir de petits indices : les détails graphiques ou de composition, l'influence du manga et des animés dans mes sujets, les ombres réalistes dans mes portraits, les éléments onirico-fantastiques dans mes peintures, la stylisation un peu mignonne de mes animaux.

Je pioche dans ce que j'ai appris à chaque étape, et c'est comme ça que j'en suis arrivé à mon style actuel. C'est un peu comme mâcher les saveurs d'un chewing-gum jusqu'à en être lassé·e, mais plutôt que le recracher, vous ajoutez juste une autre tablette de chewing-gum une fois que la première est fade. Au final, j'ai accumulé dix-huit années de saveurs de chewing-gum. Métaphoriquement, je continue à mâcher cette énorme boule de chewing-gum qui ne cesse de changer de goût.

Mes cours d'art du lycée m'ont beaucoup aidé dans mon travail. Une grosse partie de ce cours consistait à faire des recherches sur des artistes que nous aimions avant de discuter de ce qui nous plaisait dans leur travail (je recommande vraiment à tous les étudiant·es en art de faire ça !). Je n'avais jamais vraiment étudié d'artistes avant ça, mais nous étions encouragé·es à identifier des motifs artistiques spécifiques et les principes utilisés par ces artistes. Nous devions ensuite incorporer ces éléments dans nos propres projets.

Pour donner quelques exemples, j'ai travaillé sur Kyle Cobban, qui se spécialise dans le surréalisme et les éléments abstraits dans ses portraits ; les compositions Art nouveau et les rendus semi-réalistes de Megan Lara ; et, bien sûr, les audacieuses utilisations de la couleur d'Agnes Cecile. En disséquant ce que j'aimais chez ces artistes, j'ai pu comprendre leur originalité et essayé de tester ces éléments précis dans mon portfolio. Et je dois admettre : je trouvais cette partie du cours franchement ennuyeuse, je voulais juste peindre et développer mon art. Je ne savais pas que tout ça paverait le chemin de mon futur style.

LE STYLE ?

Qu'est-ce que le style ? C'est un sujet largement débattu. Mon point de vue personnel est que chaque artiste a un style unique qui lui est propre, quoi que puissent en penser les autres. Après tout, ce n'est qu'une extension de qui vous êtes, de vos idées et de vos centres d'intérêt ! Il semble simplement que nous en ayons réduit la définition en ignorant les pans plus complexes de ce qu'est l'identification d'un style artistique. Ce n'est pas seulement la manière unique en son genre que peut avoir un·e artiste de dessiner un œil, c'est peut-être aussi être sa façon de composer une image, ses palettes de couleurs ou même ses techniques. Par exemple, si Loish est généralement identifiée pour son style graphique, surtout par ses sujets, je pense que vous pourriez me montrer quelques coups de pinceau ou ses palettes de couleurs et je pourrais deviner que c'est elle. Il y a tellement de composantes différentes dans un style, c'est pour ça qu'il est important d'aller plus loin que le travail du trait. Il faut aussi se pencher sur les sujets, les compositions, les couleurs, formes et techniques… c'est sans fin !

TROUVER SON PROPRE STYLE

Si vous êtes jeune artiste, mon conseil personnel serait d'oublier l'idée de « trouver votre propre style ». Honnêtement, c'est une obsession qui peut vous faire beaucoup de mal. La quête perpétuelle mène à trop se concentrer sur l'idée de faire des illustrations uniques et différentes, parfois pour le pire. Vous risquez de vous retrouver à dessiner quelque chose qui ne vous va pas et appeler ça un style.

Parfois j'ai l'impression qu'il y a une sorte de stigmate implicite : si vous n'avez pas « un style unique » alors vous n'êtes pas un·e « véritable artiste ». Avoir cet état d'esprit très tôt peut faire beaucoup de mal, car ce n'est pas seulement décourageant, c'est aussi inutile. Il n'y a pas de technique pour trouver son style. Au lieu de vous concentrer sur comment rendre votre travail particulièrement original, faites le contraire et passez du temps à étudier le travail d'artistes que vous aimez. Essayez de disséquer ce que vous aimez dans leur travail, que ce soit un·e artiste local·e au style chibi ou un·e peintre réaliste. Étudiez leur travail pour améliorer vos bases techniques et continuez à expérimenter dans vos dessins.

D'expérience, étudier et tester des choses qui vous intéressent vraiment vous aidera à développer naturellement un style personnel. Par exemple, j'adore le travail de Loish parce qu'on a une sensation de fluidité. Toujours beaucoup de rythme et de mouvement. En étudiant son travail, je vois maintenant comment elle parvient à ce résultat en utilisant des formes amples, des silhouettes aux aspects arrondis et des lignes floues.

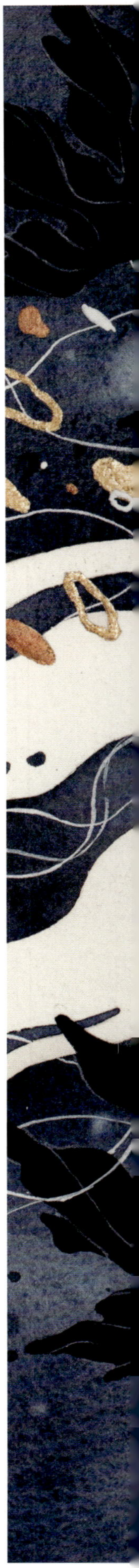

LE TRAVAIL DE COMPOSITION

Quand je travaille la composition d'une peinture, j'essaie toujours de prévoir un mouvement visuel dans mon esprit. Pour faire simple, c'est le fait de penser l'ordre et la direction du mouvement des yeux de celui ou celle qui va regarder la composition. Pour créer ce mouvement visuel, j'utilise une variété d'éléments graphiques tels que des lignes, de l'espace négatif, une façon d'agencer la couleur et des contrastes de teintes. Je place aussi des repères visuels (des feuilles dorées, des branches, des cheveux ou du tissu flottant dans les airs) à des endroits spécifiques. J'essaie toujours de donner un côté doux et onirique à mon travail en m'assurant que le mouvement visuel soit clair et guide bien l'œil. C'est un peu compliqué à expliquer, donc on va essayer de détailler le processus.

Points focaux

Ici, mon point focal principal est le personnage. Le noir brut de ses vêtements ainsi que le contraste diaphane de ses cheveux blancs lui donnent un certain impact visuel. Quand on regarde juste la silhouette, le portrait est assez statique et ne crée aucune sensation de rythme ou de mouvement. Le regard reste à un seul endroit. Pour donner du mouvement et du rythme à ce dessin, j'ai ajouré la petite lune, le lycoris doré et des pétales flottants. Ces éléments suivent un mouvement en diagonale depuis le bord gauche du bas qui va remonter vers la droite grâce à la composition. Comme il y a beaucoup d'espace négatif dans cette peinture, surtout dans la zone en haut à gauche, le regard a de l'espace pour respirer, et le tout rend la dynamique globale plus simple et claire.

LA COMPOSITION VISUELLE PAR LA COULEUR, LE MOUVEMENT ET LE RYTHME

Dans cet exemple, il se passe beaucoup mais il y a tout de même une composition bien établie. Même si c'est une composition frontale et centrée, on a quand même un peu de rythme visuel pour rester intrigant. On peut avoir l'impression que les cheveux blancs et le mouvement qui partent d'en bas à gauche pour aller en haut à droite sont la seule dynamique de l'image, il y a pourtant un autre rythme provenant du placement asymétrique des feuilles de ginkgo rouge. Comme le rouge est présent en petite quantité alors que la peinture est en majorité bleue, le contraste est immédiatement établi. Notre regard va prioriser le rouge. Comme les feuilles de ginkgo sont placées de façon asymétrique à deux bouts de la composition, cela crée des sortes d'étapes visuelles qui guident l'attention d'une branche de feuilles rouges vers le rouge présent sur ses joues, jusqu'à la branche opposée. L'œil est censé rebondir d'un côté à l'autre.

Where the Quiet Things Are
(Là où sont les choses tranquilles)

Les coquilles d'or que l'on retrouve dans certaines de mes peintures sont là pour symboliser le petit monde que nous nous construisons tous et toutes : un lieu où les gens peuvent se retirer dans leur propre esprit, en sécurité et en retrait du reste du monde.

The Weaver (La Tisserande)
Cette peinture a été réalisée pour mon exposition intitulée *Sanctuary* (*Sanctuaire*) en 2019. Je voulais explorer une idée précise : malgré les obstacles qui viennent nous frapper, nous avons toujours le choix sur ce que l'on ressent, que ce soit la joie, l'amour, la colère ou le chagrin. Ce sentiment a donné naissance à l'idée d'une tisserande et de la capacité de chacun·e à tisser le fil de la façon dont on l'a choisi. En d'autres mots, même si nous n'avons pas le contrôle des obstacles qui viennent nous troubler, nous pouvons toujours, jusqu'à un certain point, avoir un certain degré de contrôle sur notre façon d'y réagir.

mon processus artistique

PROCESSUS PAR ÉTAPES

En 2020, je préparais une autre exposition personnelle intitulée *The Dream* (*Le Rêve*). Dans un élan similaire à celle qui fut un tournant dans ma carrière, *Inhale, Exhale*, je sentais que cette collection allait marquer une grosse progression technique pour moi. Mon savoir-faire en termes de composition s'était amélioré, mon langage visuel s'était affiné, et une toute nouvelle manière de peindre, plus calme et minimaliste mettait mieux mes idées en valeur. Je sentais que j'avais amélioré ma capacité à retranscrire mes idées, à faire passer une narration et du symbolisme dans mes œuvres. Parlons donc un peu des étapes de mon processus artistique pour réaliser ce corpus de peintures !

première étape : LES RECHERCHES

C'est généralement le plus long. J'avais toujours voulu travailler une exposition autour du thème des rêves donc j'ai laissé mon esprit cogiter dessus pendant plusieurs semaines, durant lesquelles j'ai consommé autant de contenu artistique que possible : musique, séries TV, essais et photographies. Toutes les formes d'art, en réalité. Dans mon cas, il n'y a jamais de moment précis d'où je puisse dater l'émergence d'une idée. Je vais me plonger dans un grand éventail de sources artistiques jusqu'à ce qu'une étincelle se produise et, ensuite, je commence à déborder d'idées. Comme je l'ai déjà expliqué, même des paroles de chanson peuvent me suffire à développer une vision artistique complète. Une idée peut être aussi simple que la sensation de s'assoupir ou aussi complexe en termes de narration que l'idée d'une tisserande qui façonne son propre fil rouge de la destinée.

J'ai effectué quelques séances de *brainstorming* et de recherches sérieuses. J'ai commencé par faire des cartes mentales pour essayer de réunir mes idées. Certains de mes concepts de départ étaient des oiseaux qui façonnent un nid de branches, un passager sur une carriole de chevaux et s'endormir en passant à travers un enchevêtrement d'étoffes. Dans tous ces scénarios, j'avais cette idée que le monde des rêves était un endroit qui pouvait être représenté sous forme de nids, de carrioles ou d'étoffes entremêlées.

Inspiré par le travail de Yoshitaka Amano et de Shaun Tan qui insufflent à leurs travaux respectifs une forte capacité à raconter des histoires, je voulais que mes peintures soient chargées de symboles et de motifs. Il était important à mes yeux que les spectateur·ices puissent scruter mes peintures et y trouver des indices narratifs, qu'iels puissent se plonger dans les œuvres et y trouver une résonance personnelle.

J'ai passé plusieurs semaines à faire des recherches sur différents supports artistiques interrogeant ce thème. Une idée a résonné plus fortement, celle d'explorer les moments de transition (quand quelqu'un rêve, iel passe en un sens d'un lieu à un autre). En un instant, iel est dans une carriole qui ne l'emmène nulle part et, juste après, fait une chute vertigineuse à travers les nuages. J'ai creusé cette idée avec mes pièces *Passengers* (*Passagers*) et *Lucid* (*Lucide*), ou même avec l'utilisation des petits lapins qui sortent des lotus dans *Someday this Dream Will End (Un jour ce rêve sera fini)*.

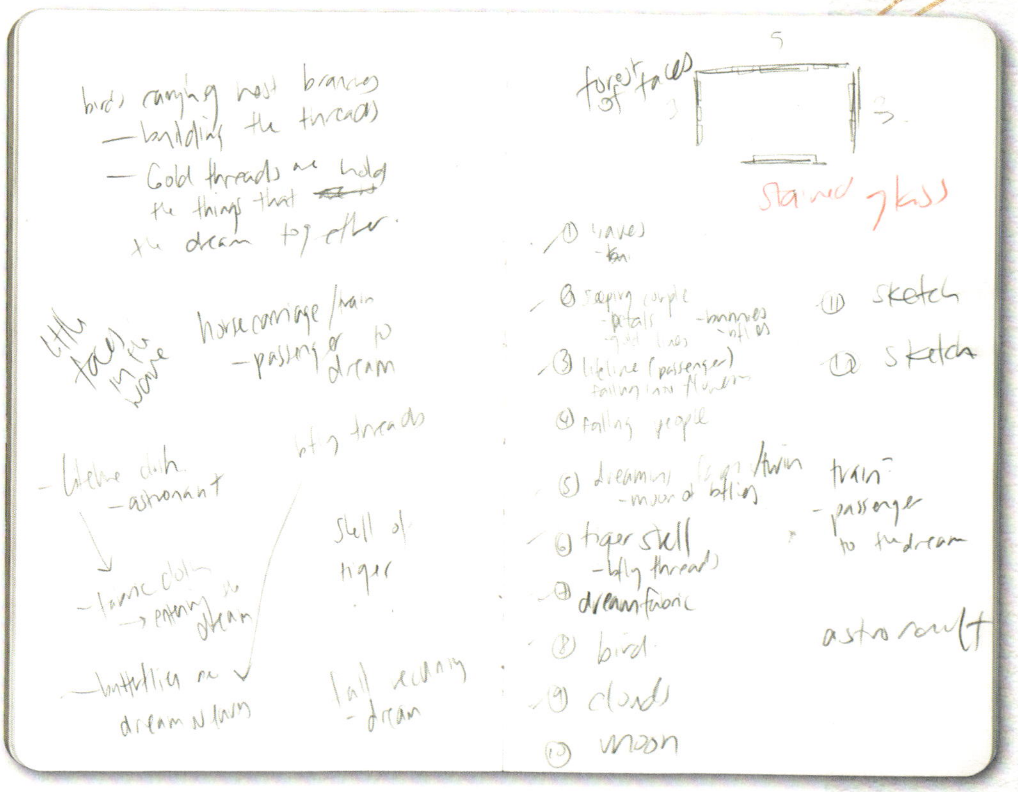

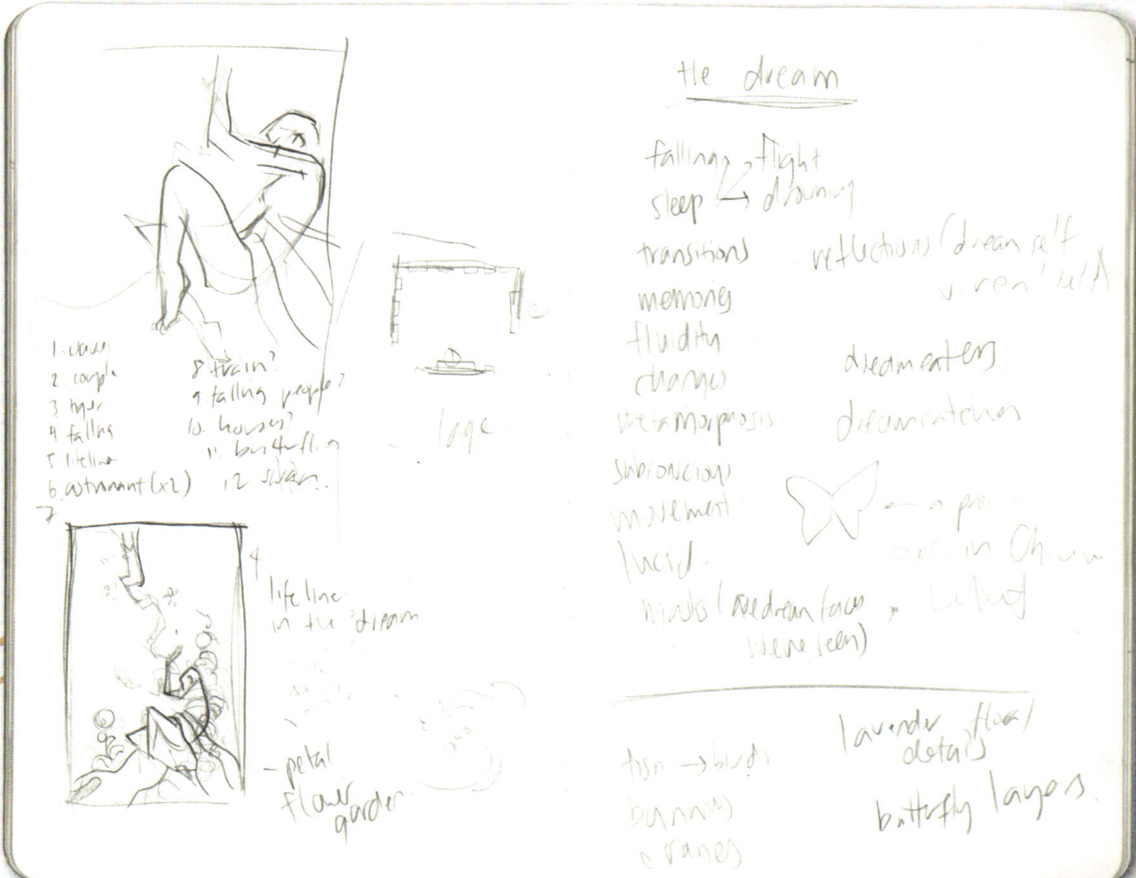

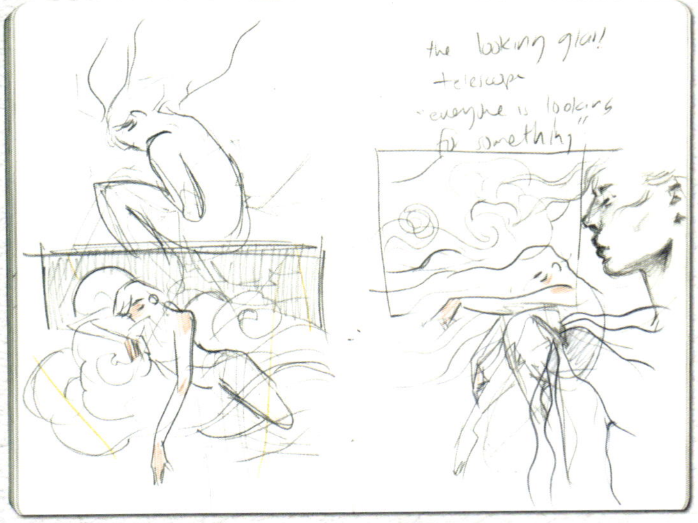

Croquis préliminaires pour l'exposition

petals

tiger shell?
faces in waves

deuxième étape:

CROQUIS

Quand j'ai la sensation que les idées ont suffisamment infusé en moi et que je commence à bouillir d'envie de m'y mettre, je mets mes écouteurs avec de la musique et je commence à crayonner. Pour cette étape, je laisse mes idées passer librement de mon esprit au papier, j'y vais à l'instinct, sans préparation. Je vais esquisser des lignes et des compositions en vignettes jusqu'à ce que quelque chose me plaise. Ces gribouillages ne ressemblent pas à grand-chose et sont parfois si peu lisibles que je doute que quelqu'un d'autre puisse les comprendre. Mais ils suffisent à poser tout un concept, une histoire ou une composition sur le papier. Quand je les regarde aujourd'hui, je peux encore voir le potentiel que je voyais dans certaines de ces esquisses, et comment je les ai ensuite développées dans mes peintures finales.

Voici le croquis initial pour *Someday this Dream Will End*. Il ne ressemble pas à grand-chose mais, pour moi, il dépeint une scène entre deux rêveur·euses dans un petit bassin rempli de lotus. L'un regarde tendrement l'autre qui a posé sa tête sur ses genoux. C'est un instant serein et intime. Calme, délicat, fragile. Elle est vêtue de tissus flottants qui se transforment en un essaim de papillons. Derrière les protagonistes, il y a une colonne de fleurs qui tombent en cascade.

Les papillons sont un clin d'œil à un conte folklorique chinois dans lequel un philosophe a rêvé qu'il était un papillon. Pour lui, le rêve était si réel qu'il est choqué de se réveiller dans la peau d'un humain. Il commence alors à douter de la réalité, et se demande si c'est son lui humain qui a rêvé d'être un papillon ou s'il est un papillon qui se rêve humain. J'ai finalement retiré ce symbole de ma peinture mais je l'ai gardé pour une autre œuvre, *Hide And Seek (Cache-cache)*.

Ensuite, je pousse mon ébauche plus loin en essayant de trouver les bons éléments de la composition et les symboles que j'ai envie d'y inclure. Je ne me suis pas trop préoccupé des détails anatomiques ou autres. Je me suis concentré sur le mouvement, le rythme, l'ambiance et la composition générale. C'est important pour moi d'être certain de pouvoir transmettre une émotion ou une histoire à travers mon dessin. Dans cette version, j'ai abandonné l'idée du papillon. J'ai dessiné un assortiment de formes pour rendre la robe fluide. L'idée d'entourer les rêveurs d'une cascade de fleurs m'est restée en tête, mais je l'ai retirée par la suite.

troisième étape :

CROQUIS NUMÉRIQUE

Je pousse encore un peu plus mon idée, mais sur ordinateur. Je ne fais ces maquettes numériques que pour les très grandes peintures ou pour préparer mes expositions. L'aquarelle est un médium qui ne pardonne pas, et il est quasiment impossible d'effacer des éléments ou de revenir en arrière une fois que le papier a séché. Je suis donc particulièrement attentif à cette étape du processus. Grâce au numérique, je peux modifier facilement et rapidement des éléments. À cette étape, je peux essayer de modifier la composition, changer les lignes directrices ou le mouvement de la composition, j'essaie des palettes de couleurs et des poses et, parfois, je vais même jusqu'à changer le sujet de la peinture.

Ici, on peut voir le premier passage du dessin en numérique. J'ai choisi de ne pas garder le symbole des papillons et décidé d'explorer à la place les lapins de lotus. En travaillant sur l'idée de transitions et de changements, je me suis dit qu'il serait intéressant de voir ces lapins sortir des lotus et de leur laisser des fleurs de lotus en guise de queues, qui laissent des traînées de pétales derrière leur passage. Je voulais aussi que les lapins sautent tout autour de mon duo. Comme un clin d'œil à l'idée de compter les moutons pour s'endormir. Je commençais à aimer la tournure que prenait cette peinture donc je suis passé à l'étape suivante.

quatrième étape :

AFFINER

Quand je peaufine mon dessin numérique, j'essaie aussi de travailler l'anatomie des personnages. À ce moment-là, il est très rare que mes dessins soient anatomiquement corrects car ils ont été réalisés rapidement, d'après mon imagination. Même si j'ai des connaissances suffisantes en anatomie pour redessiner mes personnages sans références, il est parfois compliqué de le faire correctement. Des photos de référence sont bien utiles pour être certain que tout est bien placé. Je demande souvent à mes ami·es physiothérapeutes de vérifier l'anatomie car iels vont souvent repérer des détails que je n'arrive plus à percevoir. Par exemple, « son torse est trop long » ou « cette épaule n'est pas à sa place ». Dans ces cas-là, je vais soit trouver des références, soit prendre des photos pour corriger le problème.

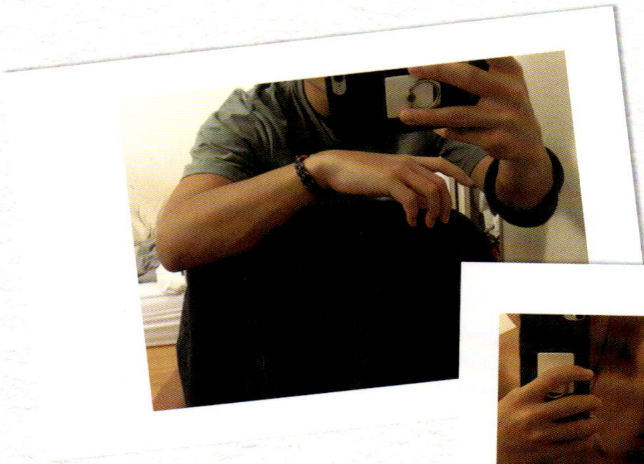

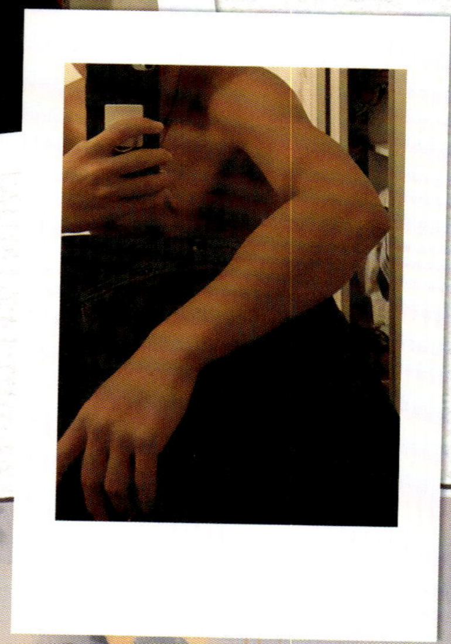

Après avoir corrigé l'anatomie, j'attaque le reste des détails de la peinture, comme le placement des feuilles de lotus, des fleurs et des lapins. J'ai globalement transformé le dessin précédent en une ébauche propre au trait. Tout au long de mon travail de peaufinage, j'ai remis chaque détail en question, en me demandant en permanence ce qui marchait ou non en gardant la composition globale en tête. Est-ce qu'il y a trop de fleurs ? Pas assez de lapins ? Pas assez de feuilles de lotus dans cette zone ? Est-ce que cela crée une silhouette bizarre ? Est-ce que ceci devrait être plus haut, plus bas, etc. ? Comme vous pouvez l'imaginer, j'ai souvent tendance à être très critique envers mon travail.

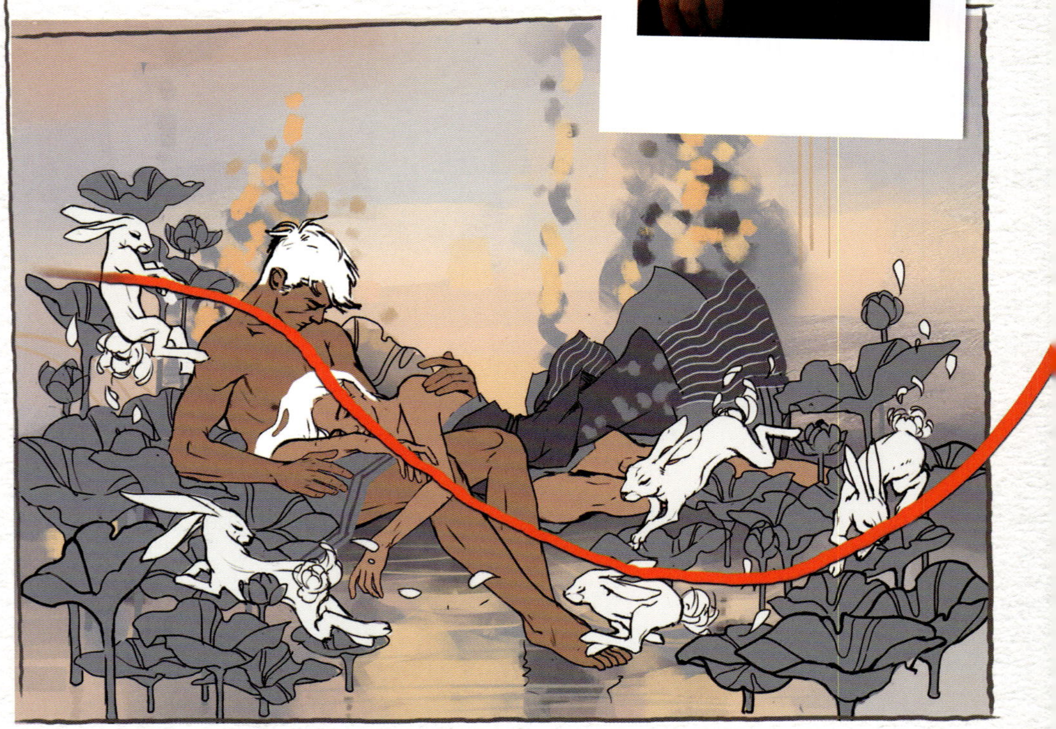

cinquième étape :

COMPOSITION ET MOUVEMENT

Parlons maintenant des détails de la composition et de mon idée directrice. Dans cette composition finalisée, je voulais que les éléments visuels principaux bougent sur une ligne horizontale, en suivant un mouvement de balayage. J'ai abandonné l'idée de mettre une cascade de fleurs derrière les deux amoureux, qui me semblait trop lourd et gênant pour le mouvement du regard dans l'image. Les fleurs étaient trop lourdement verticales et auraient coupé le mouvement doux que j'étais en train de construire. En laissant ce tiers haut de l'image vide, cela offre de la respiration, évite que la composition semble surchargée et laisse la priorité au mouvement horizontal.

Ensuite, j'ai utilisé la couleur blanche. Les lapins, les lotus et les pétales ainsi que les cheveux blancs sont des tremplins successifs pour l'œil qui regarde l'image. Ils renforcent le même mouvement global.

À l'origine, il ne devait y avoir que trois lapins sur la droite de l'image. J'ai fini par inclure deux lapins de plus sur le côté gauche qui sautent dans le même mouvement afin d'équilibrer la présence des lapins dans la peinture. Sans ces deux lapins, la peinture semblait déséquilibrée et presque scindée en deux zones distinctes. Sur la gauche, je n'aurais eu que le couple (qui est le point focal principal) et, sur la droite, un ensemble de lotus, de feuilles et un trio de lapins. Tous les détails importants du côté droit prenaient une place disproportionnée, donc j'ai ajouté ces lapins pour rééquilibrer le tout. Ce sont ce genre de détails auxquels j'essaie de réfléchir pendant ces étapes de mon processus artistique. Comme c'est du numérique, il m'est facile d'ajuster et de réajuster la composition pour qu'elle supporte ces nouveaux ajustements. Je vais travailler de cette manière jusqu'à ce que j'aie l'impression que mon idée est claire, que les couleurs fonctionnent bien et que la composition est équilibrée.

sixième étape :

TESTS COULEURS

Ensuite, je commence à chercher quelle palette de couleur je vais utiliser. L'évolution des couleurs d'une peinture est très importante et peut vraiment amener mon travail à un autre niveau. Elle est parfois suffisamment puissante pour créer une ambiance à elle seule. Je mélange mes propres couleurs pour trouver les nuances et les valeurs parfaites. À cette étape, je vais aussi réfléchir à des choses comme la qualité pigmentaire de certaines couleurs. Avec l'aquarelle, chaque pigment a des qualités différentes en termes de transparence, de granulation, d'opacité. Je suis un peu tatillon sur ces détails, mais c'est souvent ce qui fait une nette différence sur le résultat final.

Je savais que je voulais une palette de couleurs douces et symbolisant la rêverie. Comme je l'ai déjà mentionné, je me suis inspiré de Shaun Tan et de ses peintures à la douceur évocatrice. À cette époque, je trouvais que mon travail utilisait beaucoup les jeux de contrastes, ce qui permettait de créer un impact puissant et un aspect dramatique très vite. Cependant, en analysant son travail, j'ai remarqué que ses palettes de couleurs moins contrastées et plus douces me donnaient envie de regarder plus longtemps son travail pour en apprécier les détails. Les couleurs et les tons me procuraient un sentiment de sécurité, de liberté d'explorer sa peinture à ma guise. Et c'est là que les petites histoires cachées dans son travail se dévoilaient graduellement. J'ai fini par choisir une palette de tons globalement pastels : des roses doux, des jaunes chauds, des orangés désaturés et des bleus subtils.

ÉBAUCHE À L'AQUARELLE

Dès que je suis content de mes palettes de couleurs et de mes mélanges, je réalise des ébauches format vignette à l'aquarelle. C'est là que je vais décider de la composition générale de mon idée et que je vais peindre grossièrement certaines couleurs pour voir comment elles interagissent et se répondent l'une l'autre. J'essaie de m'assurer que l'histoire portée par la couleur me semble juste.

Ce processus est une étape que je n'ai ajoutée que ces dernières années, quand j'ai commencé à exposer en galeries. Quand je peins pour le plaisir, je mets en couleurs avec ce qui me passe par la tête. Mais pour mes peintures d'exposition, j'ai beaucoup trop peur de faire des erreurs, c'est pourquoi j'ai besoin de ce processus un peu méticuleux de planification.

WG (BS)
WG (YS)
WB (GS)
CG
CGD.

huitième étape :

AJUSTER LA TAILLE

À partir de là, je vais déterminer les dimensions finales de ma peinture. Il me fallait être sûr que la taille était bien pensée et que rien ne soit trop petit, pour que je puisse bien détailler, ni trop grand (car les pinceaux d'aquarelle ont une taille limitée). J'imprime souvent ou bien je recopie la composition sur la taille finale pour avoir une idée de ce que ça va donner. Comme je voulais que la pièce maîtresse de mon exposition ait un fort impact visuel, j'ai décidé de travailler dans un format plus grand que d'habitude.

neuvième étape :

PEINDRE

Quand j'en suis à l'étape de la peinture, mon premier travail est de faire passer ce croquis numérique sur le papier. Depuis que j'ai découvert le papier pour transfert graphite, je fonctionne différemment. À l'époque, je faisais un bricolage bizarre et compliqué. Je n'avais pas de projecteur, mais mon frère avait un caméscope avec un système de projection intégré. Donc je prenais une photo du fichier numérique travaillé sur ordinateur avec le caméscope, avant de le projeter sur un mur. Puis je collais mon papier à aquarelle au mur avec du scotch avant de tracer le dessin d'un trait de crayon léger. C'était un vieux caméscope donc je devais en plus me dépêcher de tracer le plus vite possible pour ne pas risquer de me tromper, ce qui était assez frustrant. Aujourd'hui, je me contente d'imprimer mon travail au trait puis de le décalquer en utilisant un papier de transfert approprié.

Une fois mes contours transférés sur papier, je finalise mes lignes avec un crayon plus foncé et j'effectue les derniers ajustements. Je peux commencer à peindre !

Je commence presque toujours par la peau des personnages. C'est un processus qui demande plusieurs couches de peinture, en commençant par le sous-ton de peau, avant d'ajouter au fur et à mesure des ombres et des couleurs. Comme ma palette de couleurs comporte de nombreuses nuances de bleu, je fais attention à ce que mes tons de peau ne soient pas trop chauds et orangés. Je choisis plutôt des tons rosés tendant vers le violine.

Une fois les couches de peinture de la peau de la jeune femme terminées, j'ai commencé à travailler sur son amant. Petit aparté : je crois bien qu'il s'agit de mon meilleur rendu pour un personnage masculin ! J'ai été vraiment épaté par le résultat. Quand je regarde cette illustration, je me dis : « Mais comment j'ai fait ça ?! » Pendant cette étape de rendu de la peau, j'ai toujours un peu peur que les tons de peau soient trop sombres mais j'essaie de garder en tête le fait qu'une fois sec, tout a tendance à s'éclaircir. C'est à ce moment-là d'ailleurs que je vais ajouter encore un peu de couleur sur la peau pour équilibrer l'ensemble de la peinture.

Vient l'une des étapes les plus difficiles et importantes… l'arrière-plan. J'utilise du scotch de peintre et du fluide de masquage pour protéger le reste de la peinture et me faciliter la tâche. J'avais envie d'essayer une nouvelle technique de lavis pour cette peinture, en m'inspirant du travail du mouvement japonais *ukiyo-e* et ses dégradés texturés très propres et linéaires dans les arrière-plans. C'est la première fois que j'utilisais cette technique, donc c'était assez intimidant. Mais, en plus, je l'utilisais sur ma plus grande peinture jamais réalisée, ce qui a rendu tout le processus assez terrifiant !

Quelques lavis plus tard : une scène onirique assez sombre au-dessus d'un étang bordé de lotus. J'étais si fier du rendu ! Je n'aurais pas pu mieux faire et, honnêtement, j'avais l'impression que j'aurais presque pu m'arrêter là. J'avais une nouvelle technique dans ma trousse à outils. Cette technique a donné le ton de l'ambiance et du style des autres peintures de cette exposition. Je n'avais jamais réussi à créer cet effet d'arrière-plan aussi doux auparavant, j'ai donc commencé à l'ajouter à mes autres pièces.

Alors que j'avais décidé de retirer les cascades verticales de fleurs, j'ai tout de même ajouté quelques discrets bourgeons à l'aquarelle. Le dégradé doux du fond donnait le mouvement vertical que je voulais à ma peinture, comme si la dernière pièce d'un puzzle venait enfin d'être déposée.

J'étais vraiment satisfait et content à ce stade-là. Et j'ai commencé à paniquer sans raison. J'avais la sensation de ne pas être assez bon, de ne pas avoir les compétences nécessaires pour finir cette peinture comme je l'avais imaginée. Je n'avais plus assez confiance. J'ai donc décidé de m'arrêter de travailler dessus et de me focaliser sur d'autres illustrations de l'exposition en attendant.

Quand j'y repense, c'était une très bonne décision. Il m'a fallu environ six mois d'attente avant de retravailler dessus. À l'époque, j'ai terminé mes six autres peintures pour l'exposition et cela m'a aidé à dégager l'ambiance que je voulais donner à ce corpus. Cette peinture est donc la première que j'ai commencée pour l'exposition mais aussi la dernière finalisée. C'était quelque chose d'étrangement poétique, un peu comme une boucle qui se bouclait.

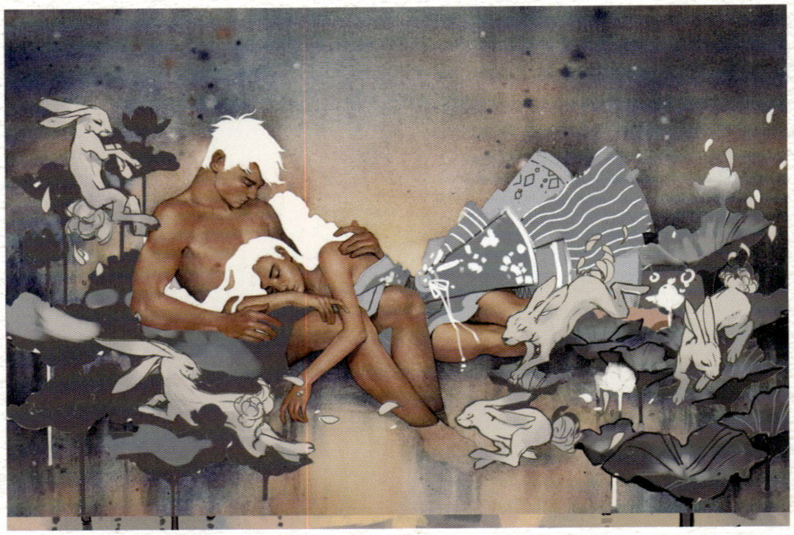

Au bout de six mois, j'ai recommencé à travailler dessus et j'ai fait une maquette numérique de la façon dont je voulais la finaliser. Comme cela faisait un bon bout de temps, et que j'avais envie que cette œuvre soit le point d'orgue de mon exposition, je me suis mis beaucoup de pression. Je ne voulais pas tout rater, surtout après avoir perdu mon état d'hyperconcentration habituel. Mais au final, j'avais toujours la même vision en tête. Une seule nouveauté est apparue : l'idée de faire briller légèrement les feuilles de lotus de l'intérieur plutôt que d'opter pour un éclairage réaliste. Ce qui ajoutait une touche surréaliste et onirique que j'aimais beaucoup. J'avais aussi travaillé sur la lumière et les effets de brillance grâce aux autres peintures de l'exposition comme *Lucid* et *The Drift* (*La Dérive*).

À chaque fois que j'ai peur ou que je suis dans le doute pour une étape de ma peinture, je prends une photo rapide, je la passe sous Photoshop ou Procreate sur mon Ipad et je fais quelques essais.

J'ai peint les lapins et les lotus, en travaillant du plus clair au plus foncé. Après avoir fait les premiers passages (en laissant de côté les lapins à foncer), j'ai commencé à peindre les feuilles de lotus qui brillent de l'intérieur. Ensuite, tout avait globalement été peint.

En général, après avoir travaillé sur une partie de ma peinture, je reviens dessus pour commencer à unifier les ombres, à corriger les nuances et les glacis de couleurs pour qu'elles résonnent mieux entre elles. Comme je travaille une zone après l'autre (la peau, les fleurs, le fond, par exemple), elles ne sont pas unifiées. J'essaie de relier les parties de la peinture en faisant coïncider les valeurs les plus sombres de l'une avec une autre pour que l'on n'ait pas l'impression que j'ai mal cousu des éléments disparates.

Une fois que les valeurs ont été corrigées et que les différentes zones peintes semblent unifiées, je commence à travailler les détails. J'ai ajouté des pétales de lotus supplémentaires avec de la gouache blanche, puis des rehauts avec de l'encre blanche, ainsi que les mèches de cheveux et les détails dans les étoffes. J'ai aussi utilisé un crayon assez foncé pour affiner les contours de mon travail au trait et faire ressortir les silhouettes. Ensuite est arrivée l'étape finale… l'or ! Je ne savais pas exactement comment je voulais utiliser la dorure dans cette pièce, donc… oui, vous avez deviné… je m'en suis remis à un test en numérique !

Pour conserver la logique du mouvement, j'avais besoin que la dorure soit un autre indice de lecture du mouvement initial. En ajoutant de la feuille d'or, j'essaie de ne pas lui donner trop d'importance car elle peut vite dominer un ensemble. Comme c'est un médium texturé, elle peut ressortir très fortement et attirer toute l'attention. Donc j'essaie toujours de lui donner un aspect délicat dans mes peintures, subtil, et un rôle de complémentarité plutôt qu'une place imposante et criarde.

J'ai essayé plusieurs compositions avant de trouver celle-ci. L'idée ? Les lignes légères incurvées accentuent le mouvement horizontal plus imposant, et l'anneau doré au centre se concentre sur le visage des deux rêveur·euses. Enfin, les lignes verticales guident l'œil s'il se balade trop haut dans la composition pour le ramener vers le bas. Cela donne aussi la sensation que le regard tombe dans l'image.

Premiers tests avec une nouvelle technique de peinture et de rendu des nuages.

DE NOUVELLES TECHNIQUES

Comme le thème de cette exposition était le rêve, il était assez naturel que ma curiosité me pousse à explorer les motifs des nuages et des cieux. J'avais toujours voulu m'y essayer avec l'aquarelle, mais ça me faisait peur. Côté technique, il y a pas mal de problèmes à résoudre qui rendent ces motifs difficiles à réaliser, surtout quand on essaie d'obtenir le bon rendu de lumière, d'ombres, de textures, de formes. Sans mentionner le plus évident : quand on a posé la peinture, il est difficile de faire des modifications. Mais comme c'était l'opportunité parfaite pour me frotter enfin à ce défi, je me suis décidé à apprendre à peindre correctement des nuages.

Quand je me lance dans de nouvelles techniques ou méthodes de travail, je passe en mode résolution de problèmes et j'essaie de trouver une approche par étapes pour aller d'un point A à un point B. Je fais des tonnes d'essais en utilisant les outils et les techniques de base que je connais pour essayer de mettre au point ces nouveaux processus plus compliqués.

Par exemple, pour créer un fond de nuages comme sur cette peinture, je sais que mon approche est de créer deux parties séparées (le ciel et les nuages) et de les peindre séparément. Les nuages nécessitent un mélange de travail humide sur sec et humide sur humide, en les alternant selon le type de contours (plus ou moins abrupts ou doux) que je veux créer ou bien selon le rendu plus ou moins flou et dégradé que je vise pour les couleurs. Je devais déterminer comment choisir et mettre en place les sources de lumière (les nuages sont un peu bizarres à ce niveau-là). Au final, ça faisait beaucoup de choses à déterminer et à cogiter ! Le tout m'a pris quelques essais avant de parvenir à un résultat qui me plaisait.

LUCID

Je me souviens l'angoisse qui m'a sauté à la gorge quand je me préparais à peindre les nuages pour *Lucid*. Non seulement c'était ma première fois avec cette technique sur une peinture aussi grande et détaillée mais c'était aussi la première fois que j'essayais sur une peinture à laquelle j'avais consacré autant de temps. Impossible de me rater ! Avec la technique que j'avais mise au point, je devais peindre très vite et avec confiance. Il ne fallait hésiter sur aucun lavis. Ce qui voulait dire que tout mon processus devait être intuitif et réactif.

Une nuit, j'ai décidé de prendre une pause sur mon travail pour l'exposition et d'aller faire un tour avec deux ami·es. J'ai passé tout le trajet à cogiter à la première couche de peinture pour ces nuages, à essayer de visualiser comment j'allais le faire, étape par étape. Je tournais ça en permanence dans ma tête. Jusqu'à ce que mes ami·es me demandent si j'allais bien. Je n'avais pas réalisé que j'avais arrêté de parler dans la voiture. Ou enfin que j'étais presque muet... je murmurais à moi-même, je pensais à voix haute, je répétais les étapes et les techniques. J'étais mort de trouille ! Heureusement, une fois rentré, je suis passé à l'action et j'étais ravi du résultat. J'étais dans un de ces états d'hyperconcentration dont je parlais plus tôt et je n'ai presque aucun souvenir de ce qu'il s'est passé à partir du moment où j'ai posé le pinceau sur le papier. Quand je suis revenu à moi, le résultat final était là, sous mes yeux.

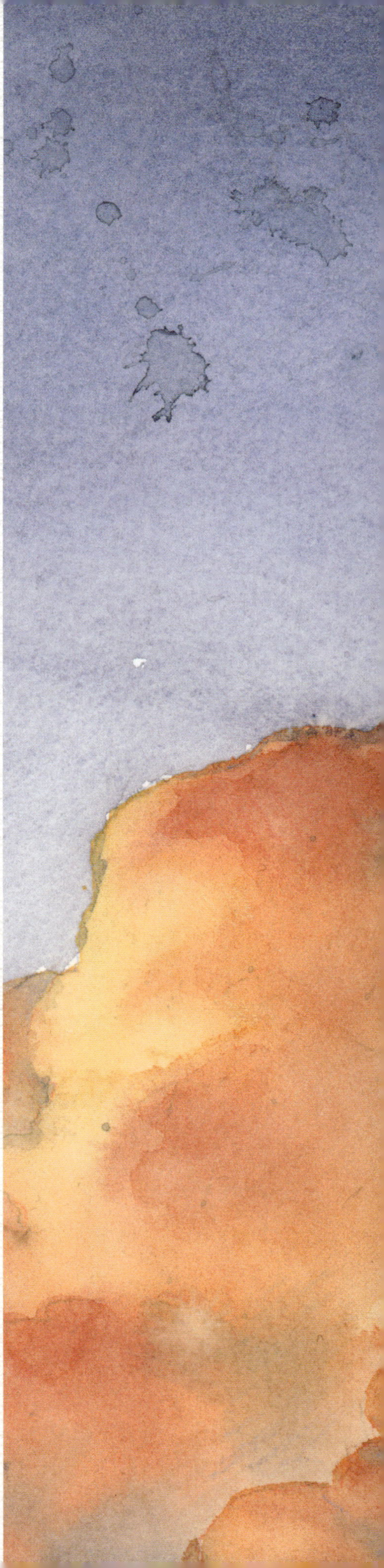

Lucid a été mon premier travail finalisé pour l'exposition, celui qui m'a donné l'enthousiasme nécessaire à la réalisation des autres pièces. J'ai finalement utilisé ma nouvelle technique pour plusieurs autres peintures. J'ai clairement pris confiance en continuant à explorer ces effets de lumière.

LUCID

passengers

de l'esquisse à la peinture

Après avoir fait une pause sur les expositions pendant quelques années, j'ai recommencé avec une mini exposition pour la galerie Corey Helford en 2023. Le thème était les fables, et je proposais quatre pièces. J'ai toujours été fasciné par les mythes et légendes du monde entier. Ces histoires ont nourri mon imagination quand j'étais enfant, et je voulais vraiment peindre mon interprétation de ces créatures mythiques. Je voulais aussi rendre hommage aux traditions, aux symboles et aux légendes de leurs pays d'origine, tels que les dragons et phénix orientaux, les qilins ou les griffons.

Comme toujours, les recherches d'abord. Pour cette exposition, j'ai puisé de l'inspiration dans *Final Fantasy X* ou encore dans le film d'animation *Mulan*. Pour cette peinture en particulier, j'ai effectué des recherches sur le symbolisme des dragons orientaux, une créature importante dans plusieurs cultures asiatiques. Il représente le pouvoir, la bonne fortune et le divin. J'ai commencé mes premières esquisses avec tous ces éléments en tête.

J'ai fini par réaliser ces esquisses (ci-dessous). Même si j'aimais les trois versions pour des raisons différentes (j'aimais la deuxième pour son paysage ouvert et la troisième pour son côté plus intime et mystérieux), j'ai fini par choisir mon premier concept. J'appréciais particulièrement le sentiment de puissance et le stoïcisme insufflés par la pose et la composition de cette image. Des études en valeurs m'ont permis de voir comment le contraste pouvait influer sur le regard des spectateur·ices. Elles me permettent aussi d'essayer des partis pris plus tranchés pour les silhouettes.

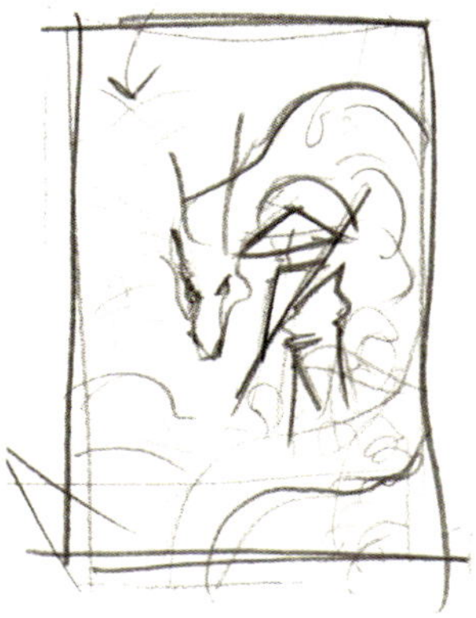

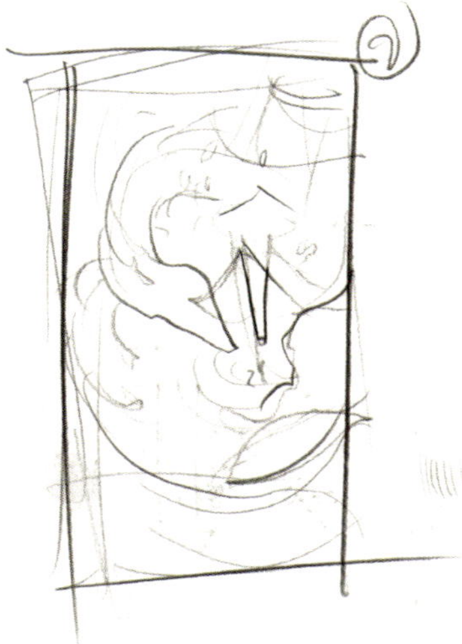

Quand j'ai été satisfait des études en valeurs, j'ai poussé un peu plus mon dessin. Puis j'ai étudié les palettes de couleurs et les détails, tout en peaufinant la structure de la composition. Je voulais que la figure de la guerrière soit enveloppée d'étoffes finement brodées, et que ses accessoires répondent aux attributs du dragon. Je voulais aussi que les écailles et le ventre du dragon arborent des motifs décoratifs typiquement chinois. Les nuages qui entourent les deux personnages sont inspirés du film *Mulan*. Il y a une scène dans laquelle Mulan envoie une fusée contre le dragon du méchant, Shan Yu, et cela laisse cette superbe traînée de fumée, très graphique. J'avais été époustouflé par le mouvement et l'esthétique de cette fumée et je voulais vraiment rendre hommage à cette scène dans ma peinture.

Une fois content de mes croquis numériques, j'ai commencé à peindre à proprement parler. Mais d'abord, j'avais besoin de mélanger ma peinture pour faire quelques tests de couleurs. À ce stade, j'avais déjà une idée grossière des couleurs que je voulais utiliser à partir de ma maquette numérique. J'ai commencé par mélanger des nuances de rouge, des oranges/jaunes et des bleus nuit jusqu'à trouver une combinaison harmonieuse. Ce n'était pas évident de trouver les bonnes teintes (je voulais éviter que le mélange ressemble à une peinture de superhéros (un mélange de jaune, rouge et bleu donne cet effet). Une fois satisfait de ma palette et de mes mélanges, j'ai créé un croquis couleurs en vignette pour tester le rendu couleur dans une mini version de la composition. Au début, je n'ai pas trop aimé le rendu de cette palette, le bleu-noir était un peu trop bleu, et les rouges et jaunes étaient un peu trop éclatants et chauds. J'ai affiné un peu plus les couleurs pour en arriver à un bleu-noir plus éteint, un rouge désaturé et des oranges/jaunes plus terreux.

Avec les mélanges décidés, il était temps de s'y mettre pour de vrai ! J'ai imprimé les contours de mon esquisse numérique en plusieurs tailles avant de trouver la bonne : pas trop petite pour que je puisse ajouter des détails mais pas trop grande sinon mon travail aurait été plus difficile. J'ai transféré les contours sur mon papier à aquarelle en utilisant du papier de transfert. Une fois le transfert initial fait, j'ai commencé à détailler et à corriger mes lignes avec un crayon un peu plus foncé.

Vous le savez, j'ai tendance à commencer par peindre la peau des personnages. Ce n'est pas vraiment que j'ai un ordre précis à suivre, mais ça me met toujours en joie de voir mes protagonistes prendre vie. Or, cette fois, j'ai choisi de commencer par les zones les plus larges, car ma guerrière allait être plutôt petite en comparaison. Peindre les fonds a tendance à me stresser, me mettre beaucoup de pression, car il faut réussir une zone importante d'un seul coup. Je voulais donner un effet d'éclairage par l'arrière donc je me suis lancé sur un jaune pâle avec un dégradé chaud jusqu'au noir. Après avoir fait un test rapide de dégradé sur un morceau de papier plus petit, je me suis senti suffisamment confiant pour me lancer sur la peinture définitive.

Ces dernières années, je me suis amusé à utiliser des dégradés verticaux avec des coups de pinceau visibles et de la texture dans mes fonds. Cela donne un effet de mouvement linéaire intéressant, un peu comme celui des rais de lumières ou des aurores boréales.

Ensuite, j'ai peint les nuages. C'était la première fois que j'utilisais cette technique et ces effets, c'était un peu stressant. Je me rends compte que la plupart du temps, quand je tente quelque chose de risqué, je le fais sur de grandes peintures qui me tiennent à cœur. Il m'a fallu plusieurs couches de peinture pour que les nuages semblent plats et graphiques tout en conservant les effets de lumière par en dessous. Comme un diorama !

Puis vient le dragon. Je crois qu'il y a eu beaucoup de premières fois avec cette peinture car je n'avais encore jamais dessiné ou peint de dragon. J'avais décidé de peindre d'abord sa crinière avec un dégradé orangé-rouge ardent. Je voulais faire attention à ne pas trop la détailler. La simplicité est la clé, ici.

Ensuite, je suis arrivé au plus compliqué : le ventre et les écailles. Il fallait créer un dégradé coloré partant du ventre jusqu'aux écailles en allant de ce jaune un peu terreux pour arriver à un bleu marine. Comme je voulais que le corps du dragon et ses formes aient des angles acérés et géométriques, il était difficile de jouer avec un dégradé doux sur des formes plus tranchantes. Sans ces formes, ça aurait juste eu l'air d'être un cylindre bien lisse. Ces lignes sont devenues plus lisibles dans la version finale.

Un aperçu des détails du rendu final : les formes géométriques sous le ventre.

Une fois le dragon terminé, il était temps de passer à ma guerrière. J'ai tout d'abord peint sa peau, en gardant mon éclairage par en dessous en tête. Je voulais être sûr d'ajouter des rehauts sur le haut de sa silhouette.

Ensuite, j'ai peint ses vêtements. Je voulais vraiment l'habiller avec plusieurs couches d'étoffes et d'accessoires. J'avais trouvé de l'inspiration dans ces vieux films wuxia comme *Le Secret des poignards volants*, dans lequel les costumes sont toujours très travaillés et constitués de plusieurs couches d'étoffe pour faire forte impression. Le costume des héros·ïnes !

Peindre les étoffes a toujours été un grand moment de plaisir au cœur de mon processus de travail. Pendant des années, j'ai vraiment essayé de retranscrire les vêtements à travers une forte stylisation. Sur mes premières peintures d'exposition, j'étais obsédé par le fait de peindre des étoffes lourdes avec des drapés. J'étais très inspiré par un voyage au Vietnam dans ma jeunesse. Comme c'était le pays d'origine de mes parents, c'était vraiment une expérience révélatrice de m'immerger dans mes racines. J'ai vu tellement de belles choses dans la musique, l'art et le design vietnamiens. Les étoffes, les motifs, les arrangements floraux sont profondément ancrés dans le langage visuel de ce pays. En disséquant les robes traditionnelles des femmes, les *áo dài*, on comprend comment fonctionne ce langage. On y retrouve des couleurs et des détails que l'on ne verra jamais sur les vêtements à Melbourne. Les gens n'oseraient jamais. Là où j'ai grandi, j'ai été exposé à des formes d'arts très occidentales et spécifiques, et à des standards de beauté et de styles classiques. Par exemple, à Melbourne, on aime particulièrement le minimalisme pour la mode et le design. Au Vietnam, c'était très différent ! J'avais très envie de me plonger dans cette nouvelle source d'inspiration tirée de la culture vietnamienne, donc j'ai commencé à inclure des étoffes complexes et des drapés dans mon travail en 2017. Je ne me suis jamais arrêté.

J'adore ajouter des tissus travaillés dans mon travail, donner du contraste aux formes. J'ai ma façon de les styliser. Je peins les tissus à partir d'un système géométrique : des bords durs, des formes tranchées et des silhouettes anguleuses. Cela me sert aussi de technique de composition pour créer du contraste dans le langage visuel de ma peinture : des formes fortes pour les tissus aux côtés de lignes fluides et gracieuses, élégantes, pour les poses de mes personnages.

Après avoir terminé les vêtements, j'ai peint les objets plus petits comme la lance du personnage, les yeux et les accessoires de sa tenue, ainsi que les griffes du dragon. Un élément clé de la finalisation a été d'ajouter des touches de jade, notamment dans les yeux, les griffes et sur les bagues. Dans les cultures d'Asie orientale, la jade porte bonheur et est une pierre précieuse très appréciée. Elle est souvent associée à la royauté et au paradis. C'est une pierre de paradis, si vous préférez. Donc j'ai voulu pousser l'idée de ma peinture un peu plus loin en incluant des détails de ce genre. Les touches de turquoise éclatant créent un contraste de couleurs très puissant au milieu des rouges, noirs et marrons désaturés et qui permet de garder l'œil de celles et ceux qui regardent au centre de la peinture.

J'ai fini avec de la gouache opaque orange pour créer les contours de mes motifs autour des nuages. Ça a fini d'asseoir l'effet graphique que je voulais donner. C'était une étape si simple, et pourtant, elle a clairement donné vie à ces nuages. Ensuite, il ne me restait plus qu'à passer à une étape indispensable pour la plupart de mes pièces : la feuille d'or !

travaux récents

MA LIGNE DIRECTRICE

Aujourd'hui je suis dans une période d'expérimentation, j'essaie d'épurer un peu, couche après couche. Ce qui m'importe, ce sont les intentions que je porte avec mes peintures. Mes travaux sont donc plus minimalistes et calmes. C'est comme ça que j'essaie de diriger le mouvement, le rythme et les couleurs d'une pièce pour qu'elle raconte vraiment une histoire. Je travaille vraiment beaucoup sur la narration depuis quelques années. Quand je regarde ce livre et mon parcours, je peux sentir que ces efforts ont payé.

Dans mon carnet de dessin, j'ai développé de nombreuses techniques. Comme je l'ai mentionné, la feuille d'or était un simple essai qui a intégré mon vocabulaire graphique habituel, et pour résumer, je cherche toujours à apprendre de nouveaux mots ! J'ai un esprit très curieux et orienté dans la résolution de problèmes donc j'essaie toujours de tester de nouvelles choses : peindre des vagues, des rais de lumière à la surface de l'eau, des feuillages flous au loin, des lavis d'aquarelle sale, des ambiances sombres, des contrastes faibles ou même essayer de peindre des fleurs sur du tissu. Tous ces exemples sont des techniques que j'ai essayées dans l'espace de ces deux dernières années !

Something Found (*Quelque chose de trouvé*), 2023

Mystic Remora (*Rémora mystique*), 2021

Burgeoning
(*Bourgeonnement*), 2021

Retreat to Coralhelm (*Repli vers casque de corail*), 2021

Utopia Sprawl (Étendue de l'utopie), 2021

tutoriels

LES TECHNIQUES DE BASE À L'AQUARELLE

Tout d'abord, une rapide introduction à quelques techniques à l'aquarelle bien pratiques et à leur terminologie.

Un des points clés de l'aquarelle est, évidemment, l'importance de l'eau. Il faut beaucoup de pratique pour comprendre la quantité d'eau à utiliser pour créer certains effets ou utiliser certaines techniques. En changeant la quantité d'eau sur votre pinceau ou sur votre page, vous pouvez modifier radicalement l'opacité de la peinture ainsi que la façon dont elle va bouger ou interagir avec les autres tons. Pour commencer, voici les trois niveaux de répartition entre l'eau et la couleur : *masstone*, *midtone* et *undertone*.

***Masstone* (couleur pure) :** opaque, il s'agit de la valeur la plus saturée et concentrée en couleur avec très peu d'eau.

***Midtone* (couleur diluée) :** semi-transparente, un niveau moyen de concentration de couleur, un niveau modéré d'eau.

***Undertone* (couleur très diluée) :** le plus transparent, la plus légère concentration de couleur, surtout constitué d'eau.

Il est très rare d'utiliser la couleur pure à moins que l'on ne tente de peindre quelque chose de très graphique, un rendu puissant ou très vif. À l'aquarelle, la plupart du temps, vous allez alterner entre les couleurs diluées et très diluées. Pour les quelques exercices qui suivent, nous n'utiliserons que ces deux valeurs.

HUMIDE SUR HUMIDE ET HUMIDE SUR SEC

Maintenant, jetons un coup d'œil aux techniques de base en aquarelle. Elles peuvent être divisées en deux catégories : humide sur humide et humide sur sec. Ces deux exemples montrent la même fleur réalisée avec les mêmes pinceaux et couleurs. La seule différence est que la peinture de droite a été réalisée en technique humide sur humide : on a peint sur une surface déjà mouillée.

Humide sur sec : on peint à l'aquarelle sur une surface sèche. La peinture créée des angles et des contours nets.

Humide sur humide : on peint sur une surface humide. La peinture va alors créer des contours très doux, voire flous.

POUR LES EXERCICES SUIVANTS, NOUS ALLONS VOIR COMMENT RÉALISER DES LAVIS EN DÉGRADÉS, DES ÉCLABOUSSURES, DES DIFFUSIONS ET DES FONDUS

COMMENT RÉALISER UN LAVIS EN DÉGRADÉ

Pour réaliser un lavis en dégradé, assurez-vous que votre pinceau soit bien mouillé et chargé de mélange eau/peinture. Plus vous aurez d'eau sur votre pinceau, plus vous aurez de temps pour appliquer et travailler la peinture. D'abord, plongez le pinceau dans votre couleur puis appliquez-la sur une large zone horizontale de votre papier. Sans relever le pinceau du papier, ramenez votre pinceau dans un mouvement en Z descendant. Continuez ainsi jusqu'à avoir atteint les deux tiers de la feuille. Faites attention de ne pas soulever le pinceau pendant que vous balayez la page. Plus vous allez vers le bas, plus vous remarquerez que la quantité de peinture décline et que la couleur devient moins éclatante.

Ensuite, trempez votre pinceau dans votre seconde teinte et faites la même chose en sens inverse. Commencez tout en bas et, en reprenant ce coup de pinceau en Z, peignez en zigzag jusqu'à ce que les deux couleurs se touchent. À ce stade, continuez à remonter en passant par-dessus votre tout premier passage. Vos coups de pinceau doivent être très doux et légers quand vous commencez à mélanger les deux couleurs. Peignez seulement jusqu'à la moitié de votre page puis arrêtez-vous.

ÉCLABOUSSURES

Pour créer un effet d'éclaboussures, chargez d'abord votre pinceau de peinture. Tenez-le au-dessus de la feuille, en visant la zone qui vous intéresse et, d'un coup sec, tapez doucement sur le haut du manche. Faites des essais avec cette technique en utilisant plus ou moins de peinture ou d'eau et vous verrez que l'on obtient des éclaboussures de différentes intensités.

RÉALISER DES DIFFUSIONS

La diffusion à l'aquarelle est une technique en humide sur humide très utile pour créer des effets de texture intéressants. Pour utiliser cette technique, assurez-vous que la zone à peindre est déjà mouillée avec de l'eau ou un lavis. Avant que la zone ne sèche, chargez un petit pinceau de peinture et tapotez doucement le bout du pinceau sur la zone choisie. La peinture va lentement se diffuser autour de la zone d'application en créant un effet très doux et flou. Testez cette technique avec différents niveaux d'humidification du papier, ainsi que plusieurs niveaux de dilution de peinture sur le pinceau (*masstone*, *midtone* ou *undertone*).

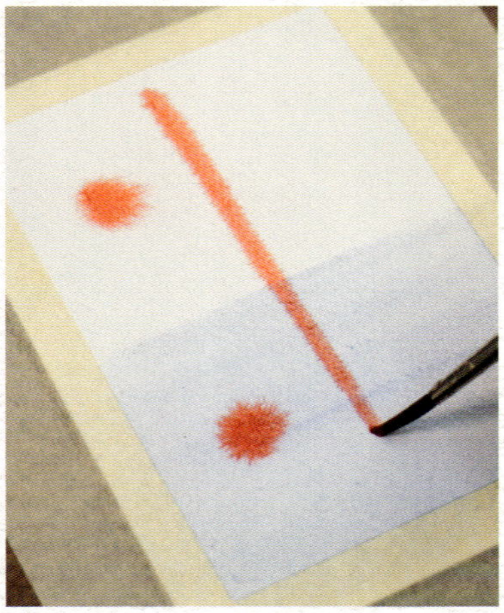

RÉALISER DES FONDUS EN ÉTIRANT LA PEINTURE

Une des techniques que j'utilise le plus avec l'aquarelle est le fondu. C'est une technique assez simple, mais elle est très utile et versatile. Pour la réaliser, chargez votre pinceau de peinture et appliquez un trait de peinture sur la page. Nettoyez votre pinceau pour retirer un peu de peinture. En utilisant l'eau qui est toujours sur le pinceau, appliquez une deuxième couche de peinture contre la première en la superposant légèrement, pour que les deux bandes soient en contact. Vous devriez remarquer que la peinture de votre premier coup de pinceau est attirée par l'eau de la deuxième que vous venez d'appliquer. Répétez cette étape sur quelques coups de pinceau jusqu'à ce que l'eau ne puisse plus étirer la peinture. Essayez plusieurs fois avec différents niveaux d'eau sur votre pinceau. Vous pouvez aussi essayer différents niveaux de sécheresse.

LES TONS DE PEAU

Peindre et ajuster les tons de peau est une affaire d'équilibre. Le plus important est de bien comprendre les températures de couleurs. Regardons ce ton de peau moyen à sous-ton chaud olive en guise d'exemple. Il y a un éventail presque infini de tons et de nuances pour ce type de peau, d'un sous-ton olive froid à plus chaud. Ce qu'il vous faut, c'est apprendre à ajuster la température et le ton d'un teint moyen. Je suis certain qu'il y a une façon plus efficace de s'y prendre, mais voilà comment j'ai toujours procédé !

Commençons avec des exercices de ton de peau à base d'un jeu de trois couleurs. Nous allons commencer avec un rouge froid, un bleu chaud et un jaune terreux. Les noms de ces couleurs très spécifiques sont le bleu outremer, la terre de Sienne naturelle et le cramoisi d'alizarine. Mélangez un jus très dilué de Sienne naturelle avec un petit peu de cramoisi d'alizarine pour obtenir un ton comme celui du carré du milieu (à gauche). Cela devrait vous donner une nuance orangée/marron qui semble très peu réaliste, je sais. Ayez confiance !

Terre de Sienne naturelle

+ cramoisi d'alizarine

+ bleu outremer
= base du ton
de peau

Ensuite, ajoutez un peu de bleu outremer pour calmer la température et neutraliser les tons orangés. Prenez votre temps et ajoutez un peu de couleur à chaque fois. Si vous allez trop loin dans les bleus, ajoutez un peu de Sienne et un tout petit peu de cramoisi pour revenir en arrière. Vous voulez obtenir une teinte approchant le carré du bas (à gauche). Le ton de peau que vous allez choisir sera votre base pour la suite de l'exercice.

Maintenant, il vous faut créer au moins dix (voire vingt !) teintes différentes à partir de ce mélange de base. Commencez par créer un ton plus rosé en ajoutant un petit peu de cramoisi d'alizarine, et peignez un échantillon. Rien qu'avec ça, vous allez obtenir un ton de peau complètement différent ! Ensuite, essayez de partir sur un sous ton olive plus froid en ajoutant un peu de bleu outremer et de la terre de Sienne naturelle au mélange initial. Et là, sous vos yeux : un autre teint de peau ! Répétez ces étapes en ajoutant de petites doses de cramoisi, de terre de Sienne et de bleu outremer pour découvrir toutes les nuances que vous pouvez réaliser.

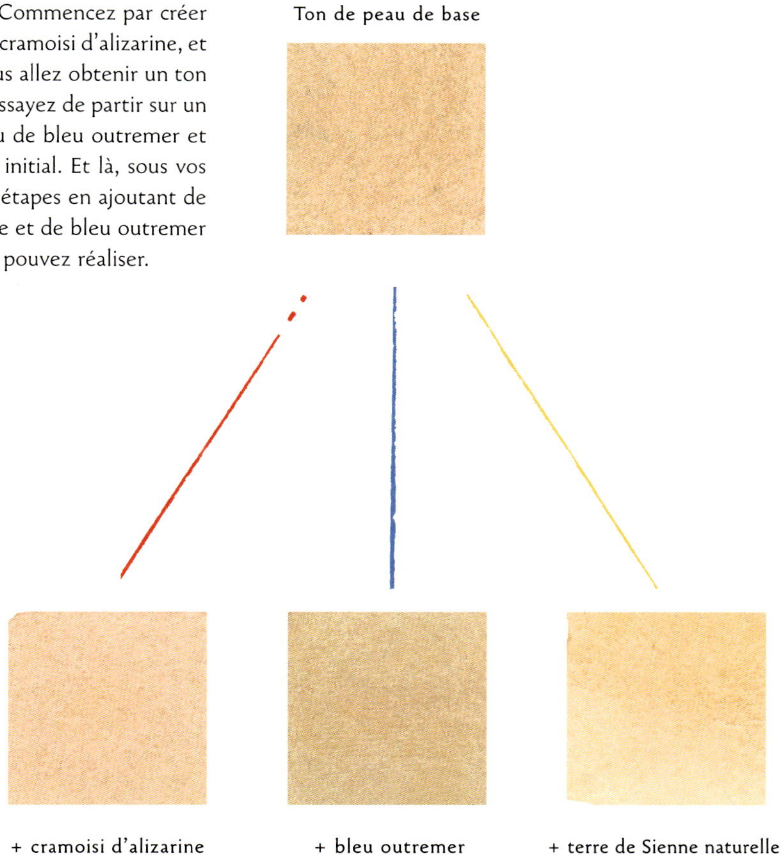

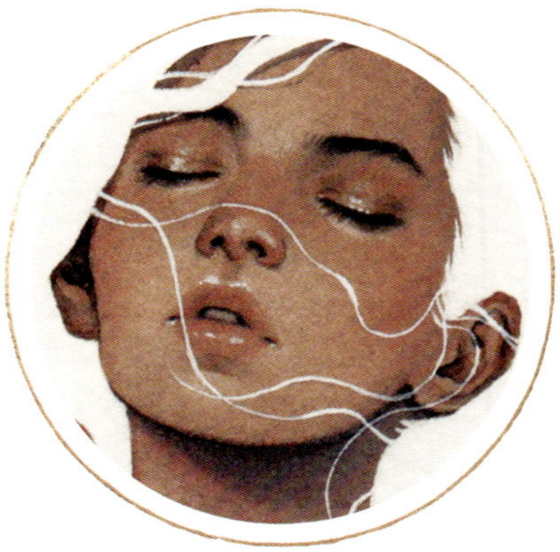

N'oubliez pas que vous pouvez toujours créer plusieurs nuances différentes en ajoutant plus (ou moins) d'eau. Tout simplement !

Ci-dessus, en exemple, cinq tons classés de couleur pure à couleur très diluée, obtenus à partir du même mélange de couleurs.

Vous y voilà ! À partir de trois couleurs seulement, vous avez pu créer une gamme complète de tons de peau tirée d'un seul ton de base. Ajustez les tons si besoin en utilisant le bleu pour neutraliser ou approfondir, le rouge pour réchauffer et le jaune pour éclairer. Reprenez cet exercice en testant d'autres rouges (rouge de cadmium, laque écarlate ou carmin), bleus (bleu de cobalt, bleu de Prusse ou bleu d'indanthrène) et jaunes (jaune de Naples, ocre jaune ou terre de Sienne brûlée). En utilisant le même principe, ces nouvelles teintes vous donneront une gamme complètement différente de mélanges et de teintes.

COULEURS PAR ZONES ET OMBRES

Quand on peint un portrait, un paramètre important à prendre en compte est la présence de zones de couleurs sur le visage. Si vous regardez de la peau dans la vie réelle, vous allez remarquer que le ton de peau dépend de la partie du corps observée. Votre cou est probablement d'une couleur différente de vos phalanges ou de vos oreilles. Pour faire simple, la peau et les vaisseaux sanguins qui la parcourent sont différents dans toutes les parties de notre corps. Ce qui a pour conséquence de teinter en rouge certaines parties alors que d'autres auront des nuances plus froides et bleutées. Avec ces informations en tête, vous pouvez appliquer des zones de couleurs à vos portraits pour les rendre plus réalistes.

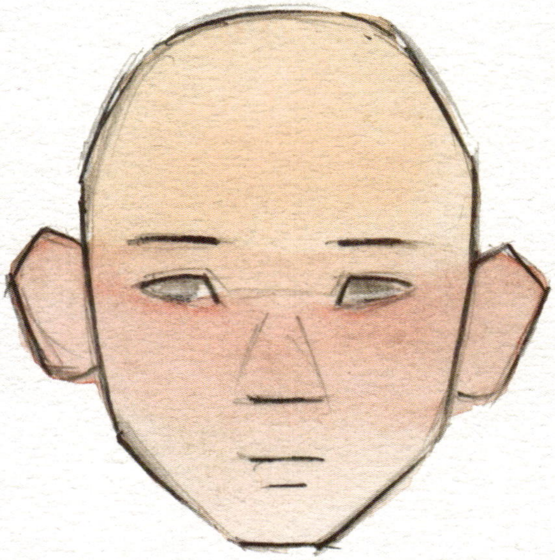

Zone du front : tons jaunes

Zone du milieu : nuances de rouges, surtout autour des oreilles, du nez et des joues

Zone du menton : tons froids

Vous pouvez diviser un visage en trois zones : le front, le milieu du visage et le bas. En règle de base, vous pouvez considérer que le front ou le teint de base seront légèrement plus jaunes, alors que la zone du milieu (surtout autour des joues et du nez) aura des nuances plus rouges. La zone la plus basse est généralement dans des tons plus froids.

PEINDRE DES VAGUES À L'AQUARELLE

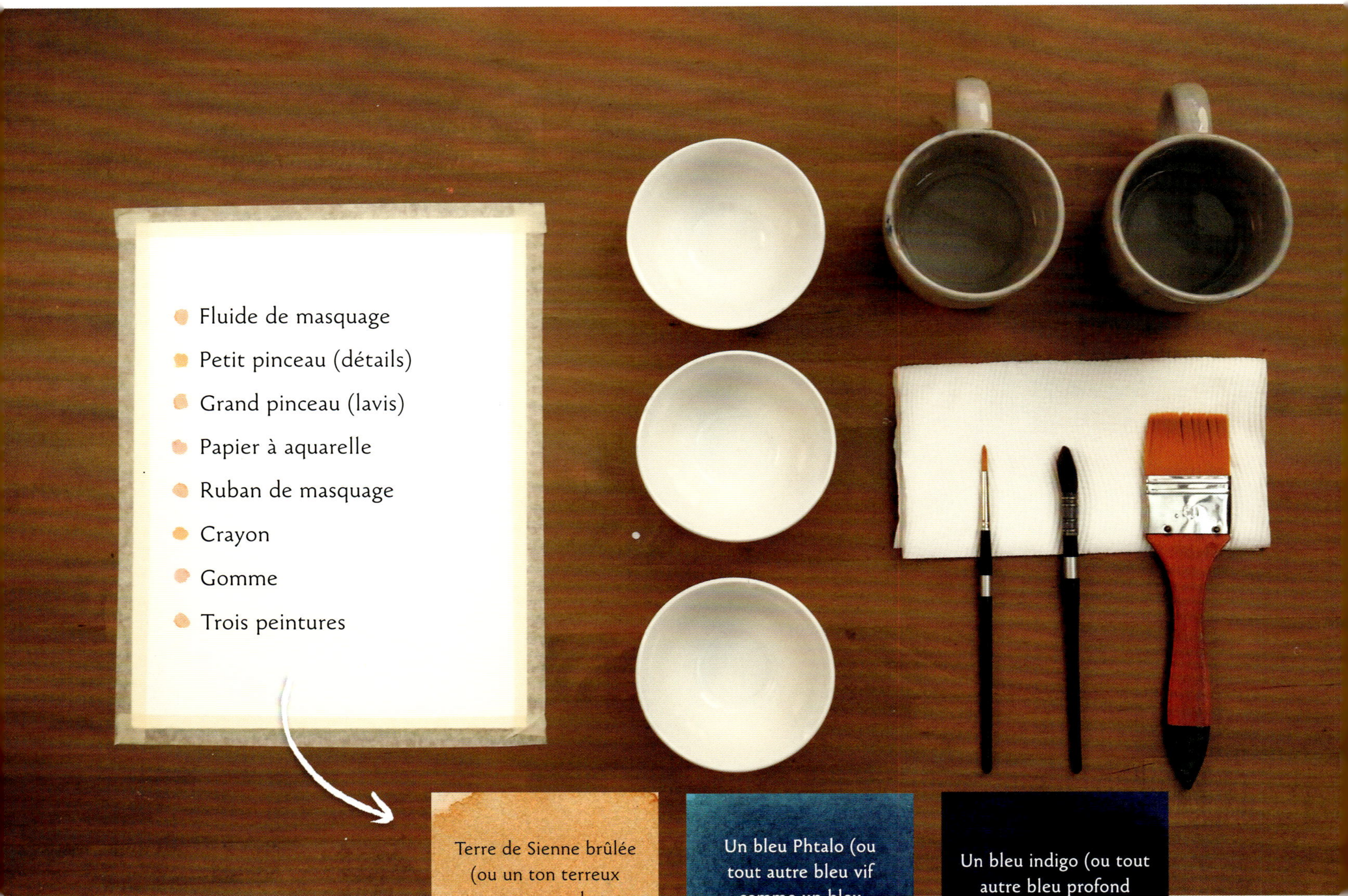

- Fluide de masquage
- Petit pinceau (détails)
- Grand pinceau (lavis)
- Papier à aquarelle
- Ruban de masquage
- Crayon
- Gomme
- Trois peintures

Terre de Sienne brûlée (ou un ton terreux marron comme la terre de Sienne naturelle, la terre de Sienne brûlée ou un rouge vénitien)

Un bleu Phtalo (ou tout autre bleu vif comme un bleu céruléum, un bleu de manganèse ou un bleu de cobalt turquoise)

Un bleu indigo (ou tout autre bleu profond comme le bleu de Prusse ou même un gris de Payne)

Esquissez légèrement trois formes grossières de vagues déferlantes en train de se fracasser. Pensez à des silhouettes de montagnes !

Affinez ces lignes en utilisant un crayon plus foncé, pour que la page soit divisée en quatre parties.

Dessinez des petites formes ovales/en forme de feuilles entre les deux cassures de vagues qui seront des bateaux ou des planches de surf.

Avec un pinceau fin, appliquez du fluide de masquage sur les petites formes.

CONSEIL : Utilisez du savon et nettoyez soigneusement vos pinceaux après avoir utilisé du fluide de masquage !

Avec un plus gros pinceau humide, appliquez un lavis de terre de Sienne brûlée sur le tiers du bas de votre page. Commencez par le bas, travaillez vers le haut en utilisant des coups de pinceau horizontaux.

Continuez à avancer vers le haut avec la terre de Sienne brûlée jusqu'à ce que vous dépassiez la première vague.

CONSEIL : Utilisez beaucoup d'eau pour vous donner plus de temps dans l'application du lavis.

Nettoyez votre pinceau et appliquez avec soin un lavis dilué de turquoise phtalo au bord du lavis de terre de Sienne brûlée. La peinture va commencer à fusionner.

Continuez à remonter avec ce même lavis dilué de turquoise jusqu'à ce que vous atteigniez la vague suivante. La transition entre le turquoise et la terre de Sienne sera peut-être un peu désordonnée, mais ça n'est pas un problème !

Replongez le pinceau dans votre turquoise phtalo, cette fois en attrapant plus de peinture (pour atteindre un niveau d'eau moyen) avec votre pinceau. Continuez à faire monter la couleur.

Faites monter le lavis de turquoise phtalo plus foncé jusqu'à la dernière cassure de vague.

Utilisez un lavis d'indigo foncé (en couleur pure) pour monter jusqu'en haut de la page.

En utilisant des mouvements de pinceau latéraux, mélangez l'indigo avec le turquoise.

Continuez le dégradé de transition entre le turquoise phtalo et l'indigo.

CONSEIL : Pour les transitions du dégradé, faites des mouvements latéraux étalés et lents entre les zones sans relever le pinceau de la feuille. Lentement mais sûrement !

Alors que la peinture est encore humide, appliquez de petites touches de terre de Sienne brûlée pour créer des diffusions d'aquarelle entre les deux premières vagues.

Faites la même chose avec un peu de turquoise phtalo pour créer des diffusions dans la même zone.

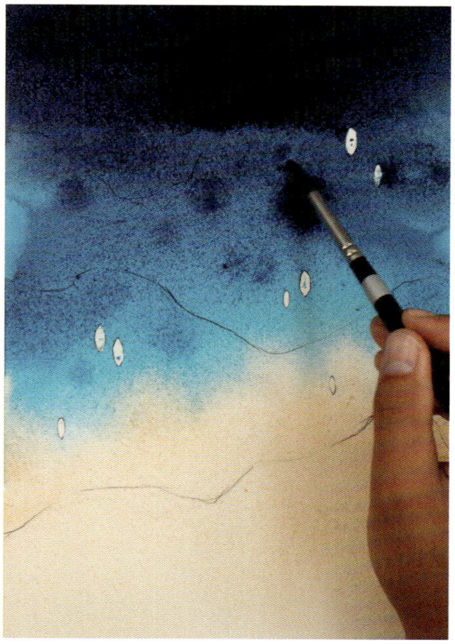

Répétez la dernière étape avec l'indigo dans la zone de la vague la plus haute pour créer des diffusions plus foncées.

Une fois que vous avez fini avec les diffusions, laissez complètement sécher la peinture et le papier avant de passer à l'étape suivante.

Une fois sec, repassez sur le lavis de terre de Sienne brûlée de départ en utilisant un lavis de terre de Sienne brûlée légèrement plus foncé (couleur diluée).

Peignez jusqu'en haut avec la terre de Sienne brûlée, pour dépasser la première cassure de vague.

En utilisant un lavis plus foncé de turquoise phtalo, mêlez les lavis précédents pour créer une transition entre la terre de Sienne brûlée et le turquoise.

Avec le turquoise phtalo, amenez le lavis jusqu'à la forme de la toute première cassure de vague que vous avez dessinée.

Ajoutez des diffusions de turquoise phtalo et d'indigo en appliquant de petits points de peinture sur toute la surface humide. Cela va créer une illusion de profondeur.

En utilisant l'indigo, peignez le long de la démarcation de la dernière cassure de vague. Mettez beaucoup de peinture et d'eau sur votre pinceau pour cette étape !

Peignez vers le bas avec l'indigo foncé que vous venez d'appliquer. La peinture doit s'éclaircir et être de plus en plus diluée à mesure que vous allez vers le bas.

Faites la même chose avec la toute dernière vague tout en haut. Utilisez un indigo foncé, peignez et repassez vers le bas avec un dégradé d'indigo de plus en plus clair.

En utilisant l'indigo, peignez de petites ombres sur la gauche des bateaux et des planches que vous aviez masqués au départ.

En utilisant de l'encre blanche (ou de la gouache), commencez à peindre les contours des cassures de vagues que vous aviez peintes au début. Faites des lignes plutôt épaisses.

Faites la même chose pour les deux autres cassures de vagues. Encore une fois, peignez des contours assez épais.

Commencez à créer des ondulations lâches reliées aux cassures de vagues. Ces lignes doivent être plus fines et avoir une forme et une taille aléatoires.

Répétez les étapes précédentes pour les deux autres cassures de vagues

Ajoutez des lignes d'ondulations encore plus fines et petites pour réaliser les vaguelettes avec de l'encre blanche.

Plongez votre pinceau dans l'encre blanche et tapotez le manche de votre pinceau. Cela va créer de petites éclaboussures blanches tout au long des cassures de vagues.

Avec un doigt propre, retirez doucement le fluide de masquage des bateaux/planches de surf. Peignez-les avec des couleurs vives et contrastantes.

Tout au long du sable, peignez de petites formes colorées comme des cercles, des points et même des rectangles. Cela va devenir des gens, des parasols, et des serviettes vues du ciel.

En utilisant un lavis très dilué d'indigo, peignez des ombres en diagonale partant vers le bas et la gauche à côté des formes colorées que vous venez tout juste de peindre à l'étape précédente.

Et voilà !

en coulisses

YOUTUBE ET ENSEIGNER

Quand je faisais surtout de l'illustration numérique, j'ai commencé à documenter ma démarche artistique. J'étais très fier de mes dessins, peut-être un peu naïvement. Je prenais des photos des étapes dites « moches » pour essayer de me souvenir qu'il faut toujours avoir la foi sur les résultats à venir. J'ai fini par partager ces images sur Internet et je me suis rendu compte que les gens étaient très intéressés par ces étapes intermédiaires. J'avais du mal à croire que des gens veuillent apprendre grâce à moi ! J'ai donc décidé de créer une chaîne YouTube pour y partager mes vidéos étape par étape, ce qui a déclenché un moi une passion inattendue pour l'enseignement.

Au fil des années, mon envie d'enseigner et d'inspirer les autres a grandi encore et encore. Alors que j'apprenais encore à développer mes compétences à l'aquarelle, j'ai découvert que beaucoup de monde avait envie d'apprendre avec moi. J'ai commencé à partager des conseils et à créer des tutoriels sur ma toute nouvelle chaîne. Même si je n'avais pas de formation initiale en peinture, mon public semblait apprécier le contenu. Très vite, j'ai commencé à donner mes propres ateliers d'aquarelle dans ma ville natale et je me suis même déplacé pour en donner en Europe et aux États-Unis ! Plus je le faisais, plus j'aimais ça. J'y ai découvert un avenir dans lequel je pouvais devenir un enseignant, et mon rêve a un peu changé.

J'aimerais continuer à enseigner à mes élèves autour du monde dans mes propres ateliers. Mais un jour, quand je serai plus âgé, après avoir eu une carrière longue et accomplie en tant qu'artiste, j'aimerais devenir professeur d'arts plastiques. Tout comme madame Brysha a cru en moi et en mes capacités d'artiste. Tout comme Loish m'a inspiré la possibilité de créer ma propre voie, j'aimerais inspirer une nouvelle génération d'artistes en devenir. J'aimerais pouvoir dire à ces jeunes de poursuivre leurs rêves, aussi ambitieux qu'ils puissent être.

BURNOUT

C'est l'un des plus grands défis auquel j'ai dû faire face pendant mon cheminement artistique. Je connaissais le terme mais je me disais en tant que jeune artiste : « Je n'aurais jamais à faire face à un burnout. J'aime beaucoup trop peindre ! » Si jeune et naïf ! De 2018 à 2020, je suis passé de ma toute première exposition seul à la réalisation de quatre expositions consécutives (j'en avais même deux autres de prévues l'année suivante mais j'ai dû me rétracter). Si je suis extrêmement reconnaissant et privilégié d'avoir eu la chance dans ma carrière que tout roule suffisamment pour que je puisse avoir ces incroyables opportunités, c'est mon manque d'expérience, de gestion des limites et mon incapacité à dire non qui m'ont envoyé droit dans le burnout. À l'époque, cela me semblait soudain. Mais en regardant en arrière, j'aurais pu m'en rendre compte bien plus tôt.

Sans trop entrer dans les détails, j'en avais tellement fait que j'ai développé une blessure à la main à cause du stress. Je la sens encore resurgir de temps en temps. Mentalement, il y avait des jours où je n'arrivais même pas à sortir de mon lit. Savoir que des *deadlines* approchaient pesait sur mes épaules. J'avais la sensation de me noyer, en essayant de nager pendant une course de biathlon sans jamais voir approcher la ligne d'arrivée. Je me souviens avoir pensé à un certain point que je n'étais peut-être pas taillé pour être un artiste finalement. J'ai même songé à abandonner.

La bonne nouvelle, c'est que je m'en suis globalement remis ! Après l'exposition *Dream* en 2020, j'ai arrêté les expositions, les travaux pour des clients ou les commissions pour me mettre en retrait et prendre soin de moi. Petit à petit, j'ai redessiné et j'ai vite retrouvé le plaisir de peindre. En soulageant la pression, j'ai pu me donner de l'espace et du temps pour apprendre à établir ces limites que j'aurais dû m'imposer depuis des années. Au lieu de dire oui à tout, j'aurais dû prévoir des pauses. Les années qui ont suivi, j'ai développé des routines et une pratique plus saines, ce qui devrait me permettre de continuer à peindre avec plaisir pour le reste de ma vie.

ÊTRE INSPIRÉ·E, PAS INTIMIDÉ·E

En tant que jeune artiste, la ligne est fine entre le sentiment d'être inspiré·e par les incroyables artistes que l'on admire et celui d'être indimidé·e par leurs œuvres. Comme le dit le dicton « comparaison n'est pas raison ». Il est très facile de regarder ces grand·es artistes et de se dire que l'on ne sera jamais aussi bon·nes. C'est même encore pire de regarder vos pair·es et autres artistes en devenir en se disant : « Pourquoi je ne suis pas aussi doué·e ?! » Il faut remettre les choses en perspective. Essayez plutôt de rester dans l'inspiration et la motivation par les autres. C'est bien plus facile à dire qu'à faire, mais il fallait que je le dise.

Il est facile de regarder votre propre travail et de pointer du doigt tout ce qui ne va pas. Les réseaux sociaux en particulier sont particulièrement dangereux en ce sens : il est facile de ressentir ça quand on voit les incroyables talents qui postent leur travail. J'en suis moi-même coupable. Après tout, nous sommes nos pires critiques. Mais le truc, c'est que vous devez mettre les choses en perspective. Comparez plutôt votre travail avec celui de l'année précédente, ou celui d'il y a deux ans, etc. Si vous le faites souvent, je suis certain que vous allez réaliser les énormes progrès que vous avez faits. Tout le monde suit son propre chemin et court sur la même piste. Il est facile de regarder celui ou celle qui est dans le couloir d'à côté et vous devance et d'avoir envie de renoncer. Mais n'oubliez pas de regarder en arrière et de voir vos propres progrès. Vous y verrez aussi des centaines d'autres qui courent derrière vous.

Continuez à courir ! Et cette personne qui court loin devant vous ? Continuez à courir à ses côtés !

CONSEILS AUX JEUNES ARTISTES

Au début de ce livre je posais la question : qu'est-ce que je veux que mon lectorat retienne de ce livre ? Et ma solution était d'essayer d'être celui dont mon moi plus jeune aurait eu besoin. Alors, si je pouvais lui parler, voici les quelques conseils que je lui donnerais :

1

Aie envie d'apprendre et de t'améliorer. Essaie d'être curieux·se du monde qui t'entoure, créativement parlant. Il est impossible de tout apprendre mais il est possible de se battre pour en apprendre le plus possible dans le temps qui nous est alloué. Il y a toujours un moyen de s'améliorer. Au lieu de voir tout ça comme une fatalité – l'idée que tu n'arriveras jamais à maîtriser ces compétences – reste enthousiasmé·e par l'idée d'être un·e élève éternel·le qui découvre chaque jour de nouvelles choses.

2

Trouve de la joie dans chaque étape. Essaie de t'amuser avec tout. Il y a des moments où les choses vont mal tourner, et tu toucheras le fond. Ces moments vont forger ton caractère. Ils te rendront plus fort·e et plein·e de résilience. Tu devras toujours faire face à des obstacles que tu n'aurais pas pu prévoir mais tu en as déjà surmonté dans le passé. Tu peux encore le faire.

3

Profite du voyage. Tu auras toujours l'impression de courir contre toi-même et de te comparer à celles et ceux qui seraient devant toi. Tu vas souvent souffrir du doute – Est-ce le bon choix ? Est-ce que je me trompe ? –, et c'est normal ! Cela montre que tu travailles bien et que tu es impliqué·e dans ton travail. Quoi qu'il arrive, ne laisse pas ces pensées négatives te bloquer ou te faire stagner. Tu es sur le bon chemin et tu finiras exactement là où tu dois être. Garde la foi dans ce cheminement et continue à travailler.

Papier à aquarelle Arches
ARCHES
AQUARELLE
WATERCOLOUR - ACUARELA
GRAIN FIN
COLD PRESSED
GRANO FINO
300 g/m² - 140 lb
100%
PUR COTON
COTTON
ALGODÓN
12
FEUILLES
SHEETS
HOJAS
Encre blanche de calligraphie Winsor & Newton
Fluide de masquage Winsor & Newton incolore
Nettoyant pinceau The Masters
Gouache Designers Winsor & Newton
Pinceaux Trekell (rond Golden Taklon, plat Onyx, à lavis Quill Mops)
Carnet de croquis Moleskine
Gomme classique General's
Carnet Winsor & Newton pour aquarelle
Feuille d'or 21, 21,5 et 23 carats

DANS MON SAC

Aquarelles Winsor & Newton professional
Set d'atelier aquarelle demi-godets Winsor & Newton
Canon M50, 50 mm, ouverture f1.8
Cintiq Wacom Pro 16
Aquarelles extra-fines Daniel Smith
Scotch de peintre X-press It
Crayons polychromos Faber-Castell
Crayons Mars Lumograph Staedtler
MacBook Pro

STUDIO TOUR

Durant la plus grande partie de ma carrière, mon studio n'était qu'un petit bureau dans ma chambre. C'est là que la magie opérait ! J'ai de la chance d'être un peintre qui travaille à l'aquarelle, donc je n'ai jamais besoin de beaucoup plus qu'un bureau avec assez d'espace pour poser papier et palette.

J'ai toujours rêvé d'avoir mon propre studio. En 2021, on en a loué un avec un ami. Je sais que j'ai un bureau pour peindre, équipé d'une lumière adaptée, ainsi qu'un bureau gigantesque sur lequel moi et mes ami·es pouvons poser nos ordinateurs et un petit coin repos pour profiter de siestes bien méritées de temps à autre.

Depuis que j'ai cet endroit, depuis peu donc, j'ai eu la chance de pouvoir me créer un petit espace bien à moi pour me sentir à l'aise et développer ma créativité. Je suis du genre routinier donc j'ai mis un peu de temps à m'habituer à cet endroit. Je crois que je ne peux créer que si je me sens parfaitement à l'aise et que mon esprit peut vagabonder pour trouver de nouvelles idées. Au début, je n'arrivais à trouver l'inspiration que chez moi. Mais maintenant, il me tarde d'aller au studio pour laisser la magie opérer. C'est agréable de pouvoir sortir de la maison plutôt que d'être enfermé toute la journée comme je l'étais !

Je lui suis aussi un peu redevable de ne pas avoir trop de blocages artistiques en ce moment. Je pense que cela vient du fait d'avoir développé une forme de discipline plutôt que d'attendre que l'inspiration me frappe. C'est grâce à ce petit cocon que je me suis créé. Je passe les portes de mon studio et j'ai immédiatement envie de faire quelque chose. Ce qui ne veut pas forcément dire dessiner chaque jour, ou que j'ai forcément de nouvelles idées que j'ai envie d'exploiter. Mais j'ai toujours quelque chose à faire qui va relancer mon moteur créatif.

ROUTINE ET LIMITES

Ma routine a toujours été erratique et imprévisible. Les premières années, c'était un vrai problème. Je n'avais aucune discipline. Heureusement, c'est quelque chose que j'ai fini par réussir à mettre en place et c'est une bouffée d'air frais. Les artistes couche-tard sont un cliché, mais je n'y fais pas exception. D'aussi longtemps que je me souvienne, j'ai eu tendance à être un oiseau de nuit, dessinant pendant des heures quand le monde semblait éteint, et que mes pensées pouvaient prendre tout l'espace disponible. Mais en travaillant sur plusieurs projets et expositions en parallèle au fil des ans, l'oiseau s'est épuisé, et je me suis brûlé les ailes. Ma santé en a pâti.

Depuis que j'ai mon studio, j'ai établi une routine et je traite mon art comme un travail avec des limites clairement établies entre mon foyer et mon travail. Sans cette routine, je pense que je sombrerais dans de très mauvaises habitudes, à regarder des séries ou à jouer aux jeux vidéo toute la journée. J'ai mis pas mal de temps à me débarrasser de ces travers mais, aujourd'hui, j'ai retrouvé presque toute ma santé mentale et physique. Je me suis entraîné à devenir du matin (c'est triste, je sais).

CARNET DE CROQUIS

golden ladies
surrender
immerse
plunge
submerge overflow
flood
Blood
totes
restock
out paper
downstream

starry snake
make a promise
time has passed

think
shadow

all at once

SCRAPBOOK

Je ne dessine plus autant pour le plaisir, et ça m'attriste un peu. Aujourd'hui, mes carnets sont remplis de gribouillages de compositions pour les œuvres que je crée pour mes expos. Si vous regardez mes carnets de 2017, on dirait presque que mon niveau de dessin a régressé. Mes carnets actuels sont plus proches de scrapbooks, des morceaux de papier épars qui me permettent de dessiner des idées quasi incompréhensibles en quelques secondes.

On dirait que je sais soit réaliser ce type de dessins, soit produire des peintures finalisées à 100 000 % de mon plus haut niveau. Qu'il n'y a pas d'entre-deux. Je le mentionne parce qu'un sentiment de perfectionnisme malsain s'est infiltré dans mon esprit. Si je ne dessine pas pour obtenir un résultat final, ça ne vaut pas le coup de dessiner… ça peut sembler un peu prétentieux, je sais, mais ça me manque de sortir mes carnets juste pour dessiner. J'essaie de prendre du recul et de me réserver du temps pour pratiquer le dessin sans enjeux, juste pour m'amuser, de temps en temps.

the kiss
(butterflies)

MERCI

Pour clore cet ouvrage, j'aimerais remercier toutes celles et ceux qui m'ont soutenu tout au long de mon parcours artistique. Ma famille, mes plus grands soutiens ; ma belle-soeur Kim qui m'a appris à dessiner ; mes ami·es qui ont cru en moi tout du long ; madame Brysha qui avait foi en ma réussite ; les galeries qui ont fait un pari et m'ont donné ma chance ; l'incroyable équipe de *Beautiful Bizarre Magazine* ; les gens merveilleux de chez 3dtotal Publishing qui ont fait de ce livre rêvé une réalité ; tous mes soutiens qui sont avec moi depuis le premier jour ou qui viennent juste de découvrir mon travail aujourd'hui ; la personne en train de lire ce livre en ce moment même… Je vous remercie du fond du cœur de la part de ce petit garçon qui a osé rêver quelque chose d'aussi fou.

Chacun et chacune d'entre vous, vous m'avez aidé dans ce voyage et permis de poursuivre mes rêves. Je ne crois pas qu'un seul merci suffise pour vous dire à quel point ça compte pour moi, alors voici 100 mercis à la place.

Il y a tout un monde à explorer là dehors, et une vie entière devant moi pour courir après mes rêves. Alors tant que je le peux… Je reviens vite, je dois aller poursuivre mes rêves !

thank you thank you thank you
thank you thank you t
thank you th
thank you thank you th

thank you

thank you thank you thank you thank you thank you

thank you thank you thank you thank you thank you

thank you thank you thank you thank you thank you

thank you thank you thank you thank you

thank you thank you thank you thank you thank you

thank you thank you thank you thank you thank you

thank you thank you thank you thank you

thank you thank you thank you thank you

thank you thank you thank you thank you

thank you thank you thank you thank you thank you

thank you thank you thank you thank you thank you

thank you thank you thank you thank you thank you

thank you thank you thank you thank you thank you thank you

thank you thank you thank you thank you thank you thank you

thank you thank you thank you thank you thank you thank you

thank you thank you thank you thank you thank you thank you thankyou

thank you thank you thank you thank you thank you

thank you ♡

— hien

3dtotalPublishing

Pour l'édition anglaise, 3dtotal est une maison d'édition innovante, spécialisée dans les ressources pédagogiques pour les artistes. Leurs titres mettent en avant les professionnel·les de l'industrie artistique du monde entier, qui partagent leur expérience dans des tutoriels et des guides détaillés. Leurs titres couvrent un large éventail de techniques, de genres, de compétences qui permettent à la créativité de s'épanouir tout en développant des compétences essentielles.

La maison d'édition 3dtotal fait partie de 3dtotal.com, un site Internet de référence pour les artistes travaillant dans l'image de synthèse, fondé en 1999 par Tom Greenway.